推薦

走進文藝復興的江戶

張國立（作家）

一六〇三年，新的征夷大將軍德川家康於江戶開府，日本進入新的時代。結束紛亂一百五十多年的武家相爭，結束了下剋上、土一揆的顛覆傳統，卻面對九州外海時不時出現的洋船與赤鬼。幕府忙著提振代表天皇家族的神道教，同時毫不掩飾自己對佛教的虔誠；既倡導中國儒家精神的朱子學，又不得不接受代表歐洲文明的蘭學。突然，日本變得出奇的安靜，江戶子瞪大眼躲在紙糊的格子窗後面，等待接下來的變化。

等到的是強烈的東西方文化撞擊，或者僅僅是「古池塘，青蛙躍入」所激起的單純的生活上的漣漪？

谷口治郎用他細膩的筆觸，試著重建江戶時代庶民的人生。我們跟隨書中退休後的商人，每天漫步於十八世紀的江戶街頭。他的日子記錄於每天丈量的腳步，由上野、淺草，乃至於品川、兩國、深川。

可能主角的年紀大了，可能他陶醉於酒與櫻花瓣末之中而不自知，心境隨時飄蕩進莫名的想像空間內，於是他對直到二十世紀末人類才醒悟的「慢活」，下了生動的定義：

「一步一步，不慌不忙地正確地行走的話，總有一天會完成目標，晚上也能盡情地在各地觀察星星。」

原來谷口治郎試著告訴讀者，江戶在沉默的日本文藝復興時代，喚醒遺忘多年的心情。

「時而下雨，時而颳風，大陽昇起，花朵盛開。雨，讓綠草和樹木，甚至水的流動，充滿著春夏秋冬，四季更迭的芬芳。」

我跟著漫畫裡這位每天計算腳步的大叔，第一次走進江戶。是的，文藝復興，不像佛羅倫斯那麼富麗堂皇，不像康雍乾盛世時的貴族氣息，大叔悶不吭聲地以松尾芭蕉的身影，以紅蜻蜓的翅膀，低吟出俳諧風格式的懷舊情緒。

平靜的靈魂，方能享受一分一秒皆在變化之中的世界。

二十世紀初日本新感覺派詩人三好達治寫下了這首詩「燈下」（林水福翻譯）：

書籍一卷　淵明集
水果一顆　百目柿
客舍夜半的靜物
小紡織娘飛來繞去

江戶不再是個地名，是一種傳承的精神。

導讀

漫步在歷史與詩的地圖上

謝仲其

從年初的《我很好》到年末的《悠悠哉哉》，PaperFilm 書系帶來世界各地視覺文學的佳作，希望呈現出日系流行漫畫之外全球視覺文學多采多姿的風貌。正如「視覺文學」一詞所示，這些以連環圖像作為表達形式的創作，既呼應著文學的深厚美學，又具備純文字創作所沒有的獨特文學性。《悠悠哉哉》作為總結今年書系之作，就是極具代表性的視覺文學經典。

同樣深受歐洲 BD 漫畫影響而培養出工筆細膩的作畫風格，谷口治郎對照以《阿基拉》揚名全球的大友克洋，可以說恰屬兩個極端。相較大友筆下森冷而躁動的無機物體，谷口治郎大多數畫作都以自然、動物為主題，並且善於在平淡當中展現生活雅趣。雖然器物建築無不精美準確，但是明顯地透露出溫和、有機的人情味。因為畫風精緻，一本書必須花二到三年製作，步調與題材都迥異於講求快速生產、強烈刺激的主流日本漫畫，使得谷口治郎在日本其實並不這麼為人所知。一直到二〇〇〇年代被法國人重視、獲得包括法國藝術文化騎士勳章等多項殊榮，甚至改編成法國電影，才正式被視為國際級大師。來自歐洲漫畫的根源、加上日本漫畫獨有的節奏感分鏡，是谷口治郎能夠特別獲得歐洲讀者青睞的原因，也展現出全球各地視覺文學相互影響的脈絡所在。

從出道起，谷口治郎大部分的作品都有專人編劇（如《少爺的時代》、近期火紅的《孤獨的美食家》）或原作（如《西頓動物記》系列），為人作嫁的成份大些。其餘由他自己編劇的作品則幾乎都是現代劇，在谷口治郎三十多年的出版經歷當中，本書是極為難得的自創古裝劇。事實上，只要是谷口治郎自己編劇的作品，無一不是反映著他自身的人生經歷與生活。即使故事背景遠至江戶時代，這本《悠悠哉哉》也並不例外。

雖然書中完全沒有指名道姓，但是《悠悠哉哉》的主角其實是日本家喻戶曉、國小課本都會介紹的歷史人物「伊能忠敬」。他是江戶時代地圖測量的重要人物，其踏遍日本全國、一步一步以步測法所得的「大日本沿海輿地全圖」擁有極高的精密度，與現代衛星地圖相去無幾，是兩百年前的一項偉業。伊能忠敬不但被當作測量學、科學精神的奠基者，也被視為毅力與好奇心的楷模典範。谷口治郎在保留了這些性情的同時，又從不同的角度切入，為他加入了某種奇妙而浪漫的能力，能夠將心思寄附在動植物身上，看到人類難以企及的視野。

故事大主軸也不是描繪伊能忠敬如何完成畢生志業，而是在此之前他如何於每天漫步測量江戶城的過程中一點一滴累積對於觀測世界的渴求，終於下定決心測量全國的心境轉變。就像《愛因斯坦的夢》一書以優美的夢境來透析愛因斯坦發明相對論的思路，《悠悠哉哉》也為科學與文學搭上一座橋樑，讓我們看到二者面對自然、面對地球時交融無礙的感動。要了解那種感動，我們必須回到兩百年前，沒有飛機、沒有衛星，沒有隨開隨用的Google Map，人類對大地總體的形象概念只有模糊不精準的圖像。我們的主角，一位剛跨入老年的退休商人，正欽羨著老鷹，心思隨著老鷹飛上天空俯瞰江戶城。

伊能忠敬的步行與販夫走卒擦肩而過，心思跟著蟲魚鳥獸暫離塵囂，還與留名後世的江戶文人藝術家不期而遇。本作品特別能讓人體會到谷口治郎的工筆細緻，不只是畫面表現而已。短短的篇幅之內，他就以向來嚴謹的考證，將江戶時代的城市生活、風土民情展現無疑。更珍貴的，是篇章中充滿詩意的影像表現，不落文字地表達出主角的心境、想像與感動。書中伊能忠敬對精確測量的嚮往、對於廣大世界的好奇與想像力，必遙遙呼應著愛好動物、風格精準卻又詩意浪漫的谷口治郎自身，全書正像是以歷史為經、詩意為緯的地圖長卷。就如好的文學作品，本書豐富的意涵層次，需要反覆閱讀細細品味。不急不徐地，隨著主角行過江戶城，一步，一步，再一步……

謝仲其

聲音藝術家、電腦作曲、音效製作、錄音、評論、企劃、日譯中翻譯。曾於台北藝術大學藝術與科技中心擔任電腦音樂研究室助理，相關論文及作品獲得「BIAS異響」聲音藝術展、台北數位藝術獎、數位藝術評論獎入選，對科技藝術領域有長期參與經驗。為台北聲音小組成員，成立電子音樂團體TrafficJam，以及華人唯一結合詩文朗誦及聲音藝術的樂團「鬼唱詩班」。

悠悠哉哉

ふらり

○ 谷口治郎

譯／謝仲庭

目錄

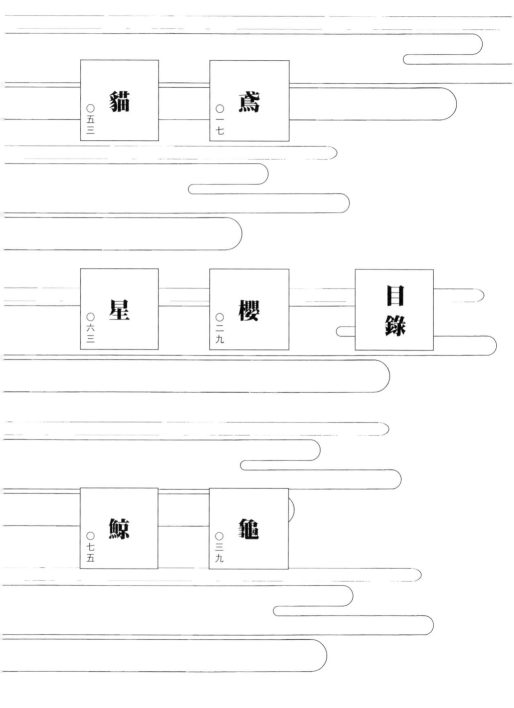

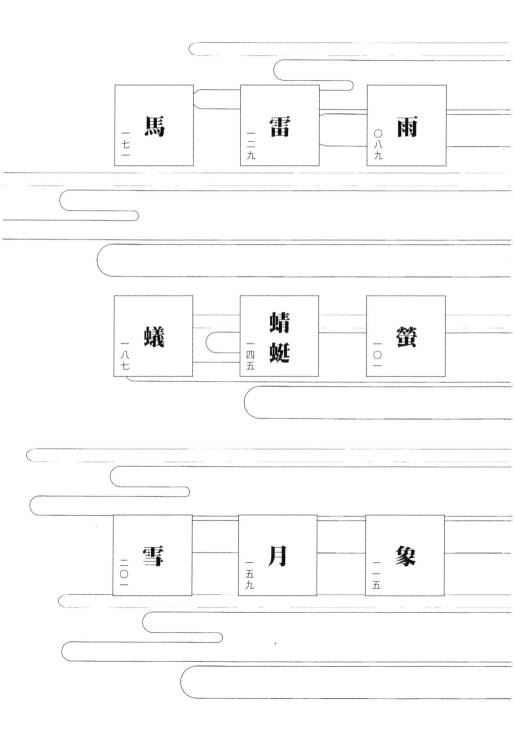

一步＝二尺三寸＝７０cm。

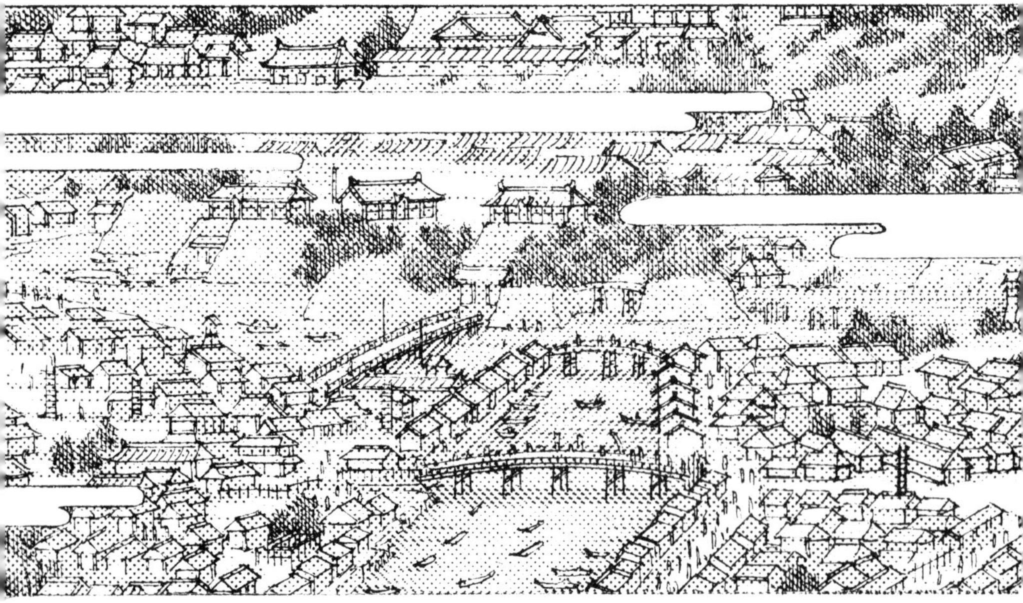

＊江戶時代以尺貫法當作度量衡的單位，
一尺３０．３公分，一寸約3.０３公分。

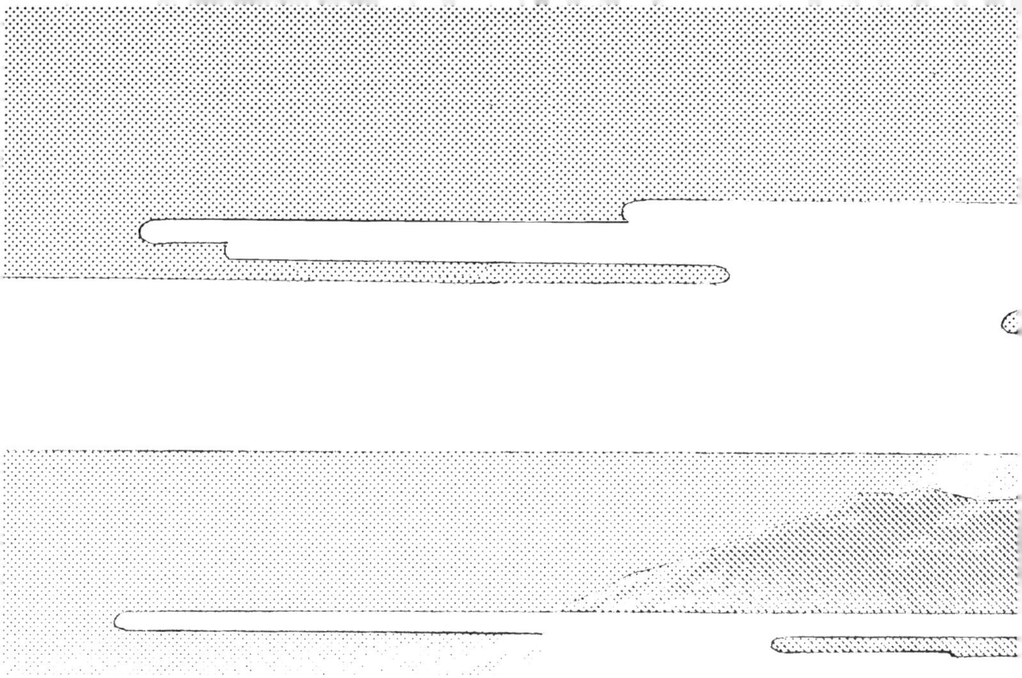

從容地　踏實地　漫步江戶

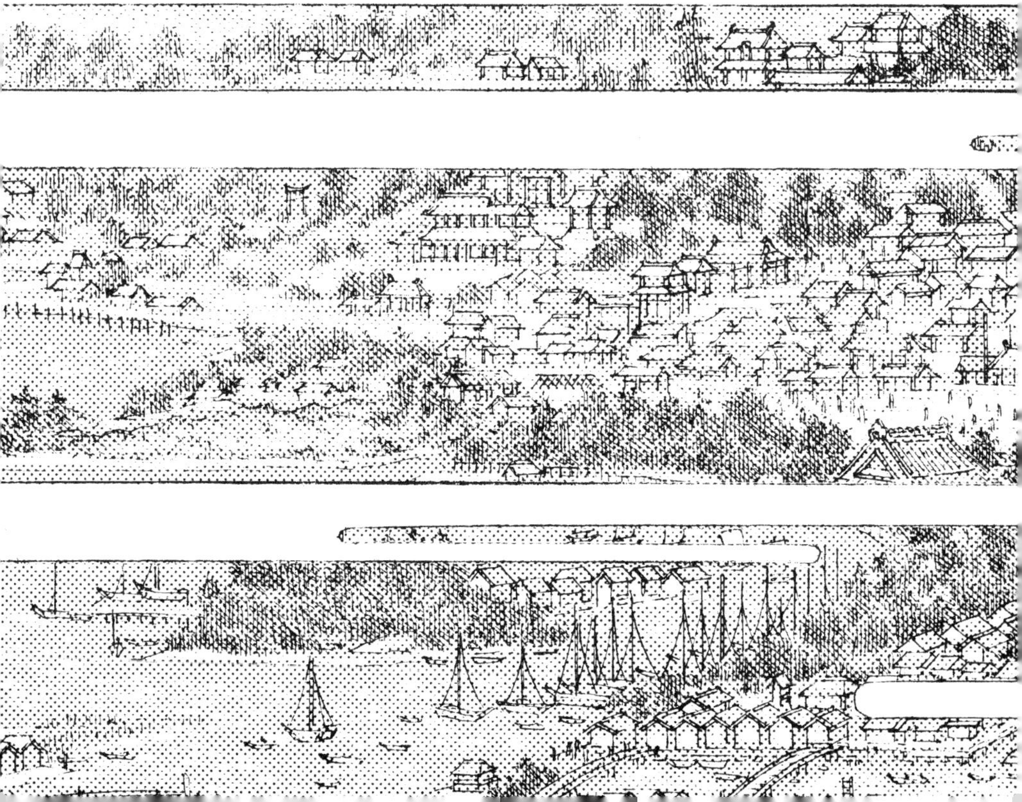

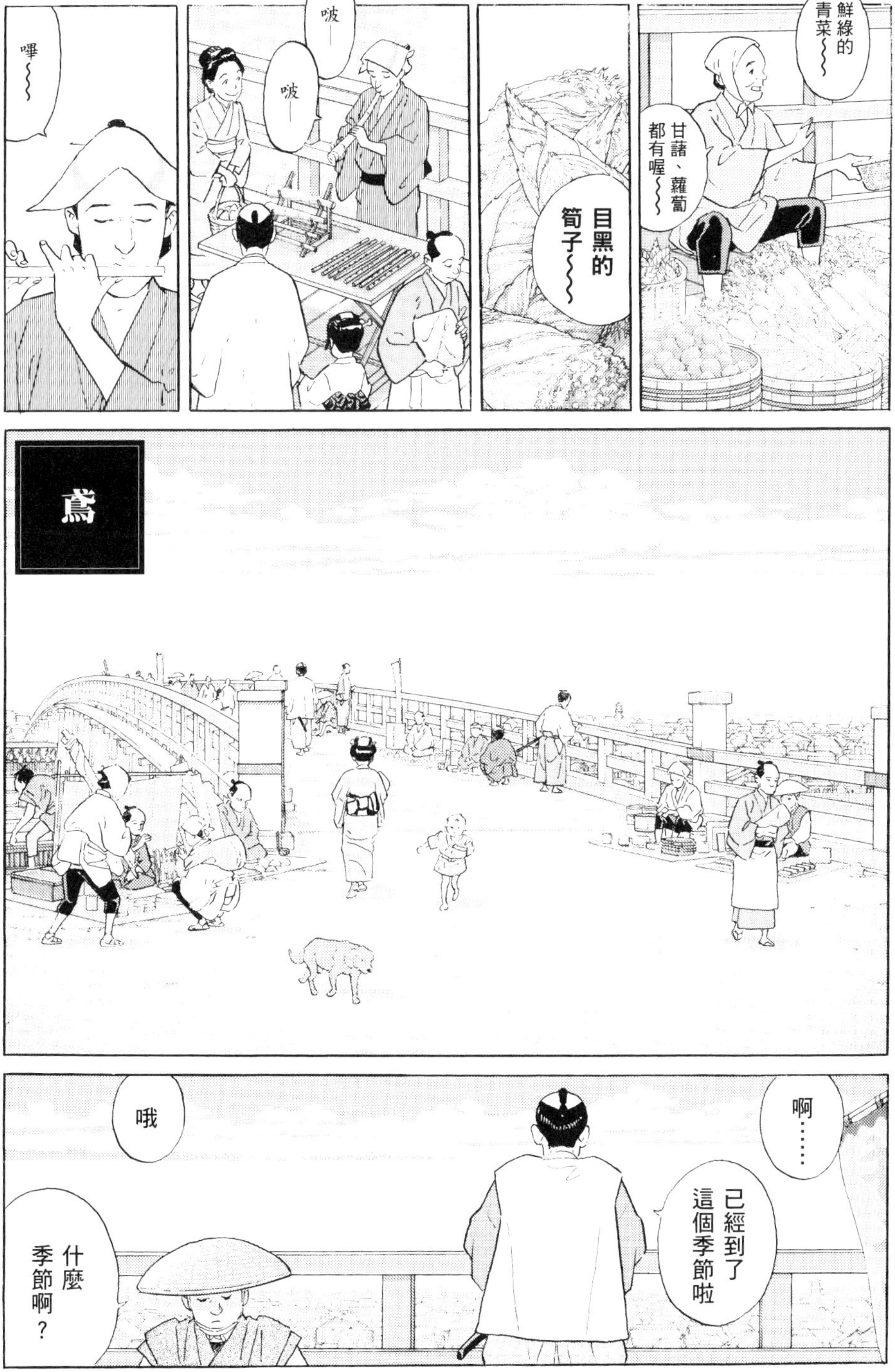

鮮綠的青菜~~~
甘藷、蘿蔔都有喔~~~
目黑的筍子~~~
啵—
啵—
嗶~~~
鳶
啊……
已經到了這個季節啦
哦
什麼季節啊？

……櫻花
什麼？
喔喔
櫻花啊
這麼一講
上野的山上也已經開始長出新芽了
轉眼間啊
從這邊眺望過去，那些櫻花像雲朵一樣，相當壯觀唷。
哦
這樣啊
真是令人想去看一看
呵呵
客人我幫您換好了

一共六文錢
好的
真是勞煩你了
覺得如何？
嗯
剛剛好
拉緊
十六
十七
喀噠
喀噠
三十八
三十九
四十
四十一

九十九
一百
喀噠
———
———
一百零一
一百零二
一百零三
一百七十六
一百七十七
一百七十八
一百七十九
一百八十
一百八十一
一百八十二
二百五十一
二百五十二
二百五十三

*一間約1.818公尺，一百八十二間約232.7公尺。

＊松尾芭蕉（１６４４～１６９４），日本江戶時期俳諧詩人，人稱俳聖。
＊發句（起句），以日文五、七、五共三句十七音組成，原本為「俳諧連歌」的第一句，後演變為獨立的十七字音短詩。

咚—
嗡
嗡
嗡
嗡
「櫻花若雲彩，未知鐘聲何處來，上野或淺草」
芭蕉*有寫過這首發句*吧？
呵呵
鏘
鏗
鏗
鏘
火災
代表江戶的繁華嗎……
喂—
接好囉
好—
到哪兒都聽得到蓋房子時，槌子敲敲打打的聲音。

＊江戶時代的江戶（東京的舊稱）因為建築多為木造房屋且人口稠密，加上居民用火習慣不佳以至於火災頻仍，另外因為江戶人較為急性子脾氣不好，常和人家吵架，所以日本舊時有句話為「火災和吵鬧聲代表江戶的繁華」（火事と喧嘩は江戸の花）。

＊江戶時代的滅火方式是破壞房屋以防止延燒，此手法稱為「破壞消防」，因此只要發生過火災，

哎呀
般若的臉作好了
看起來真嚇人
喔
是砂畫呀
來喔～各位
請小心觀賞
啪
啪
啪
啪
嗚哇
好厲害——
哈…哈
哈啾！
唰
搞什麼——
死小鬼——
哇～

來買笊喔～～
還有水越喔～～
咦
這裡是…
不知不覺就走到柳橋了
看來稍微繞了遠路
算了
隨興一點也不錯

*笊：笊籬，以竹或柳條編織成的用具。
*水越：過濾井水用的器具。

就像那個釣魚的人一樣
慢～慢地
從容不迫
唰
啊
哎呀
這傢伙嚇到我了
「被鳶奪走炸豆皮」*這句話
就是這麼回事吧

*日本諺語，意指『自己好不容易獲得的東西突然被奪走』。

鳥類啊……
真羨慕……
如果……人也有翅膀的話……
到底會看見
什麼樣的江戶呢

〈鳶〉終。

櫻
哇，好誇張。
來賞花的人也太多了吧
人雖然多，櫻花依然很漂亮呀。
哪有
我完全不覺得
沒想到會擠成這樣

哦
妳看那裡
有一群小姐
哎唷
討厭啦—
穿著花衣＊真美
嬌艷動人，一點都不遜於櫻花。
咦
可喜可賀，可喜可賀啊。
那邊的人
看來是利用賞花的場合相親吧。

＊花衣：賞花時穿的衣服。

可惡，給我道歉，你這蠢蛋！
竟然對老子家的豆腐挑三揀四!?
真的很難吃啊
好耶好耶
有趣了～
打啊
打啊—
你說什麼～
怎樣
要打架嗎
真是的
這麼多人
根本找不著可以放重箱*的地方。
嗯
再往上走看看吧。

*重箱：多層式的日式便當盒。

呼
到這邊就沒人了
是呀
真是不錯，周遭總算安靜多了。
這裡也還有棵櫻花樹呢
是不是在等著我們的到來呢？
是吧
一定是這樣
啊啊，真是累壞了。
坐下來吧
嗯
啪
沙沙
沙沙沙

從這邊賞櫻
也別有一番風味
就是呀
櫻花
真的不管從哪兒看都很美呢！
嗯
上野真不愧是賞櫻勝地
「櫻花綻放，滿佈上野山的棋盤上，猶若白雲覆蓋黑門前」
連狂歌都這麼說啊
咕嘟
嚼
一口咬下
嗯
這里芋燉得真好吃
那就多吃一點

*重狂歌形式由日文五、七、五、七、七，共三十一個音構成，多為諷刺、滑稽與詼諧的內容。

呼……
真舒服
……這棵櫻花樹
是從什麼時候開始獨自待在這的呢？
你啊
活了多少年啦？
……
喔……
……我聽到了
嗯……？
是櫻花在說話
親愛的

喔
這樣啊……
已經二百年啦
啊啊
真惹人憐愛
親愛的
你醉囉
沙沙
啊……
沙沙沙沙
……我看見了一些景物
那是……

是不忍池嗎……
什麼都沒有
鳥群來了……
啊，那是……
搖晃的鬼火
這些該不會就是
以前你以前……
所看到的景象吧？

*原文おつもり(otsumori)，意指宴會在喝完這杯酒後就結束。

咚ー嗡嗡嗡嗡
咚ー嗡嗡嗡嗡
哎呀……
不知不覺就睡著了……
好像有點醉了吶
是呀
酒壺都空了
打哈欠
你喝了很多唷
沙沙沙沙
喂，阿榮啊
我們也活久一點吧
哎呀
你夢見了什麼好兆頭嗎？

〈櫻〉終。

亀

來唷，來唷，
不管挑什麼，通通都是三十八文錢。
不管烤鐵網，還是金網，通通都是三十八文錢。
從上到下，不管挑什麼，通通都是三十八文錢。
哎呀呀
這豆子娃真可愛
如何啊，客人？
這附小枕*的銀製髮簪只要三十八文錢。
三百一十七
啪噠
三百一十六
三百一十八

*小枕：髮簪上用於方便固定頭髮的髮飾。

*約1．08公里。

*此處為富岡八幡宮，別名「深川八幡」，供奉八幡神（武運之神）。

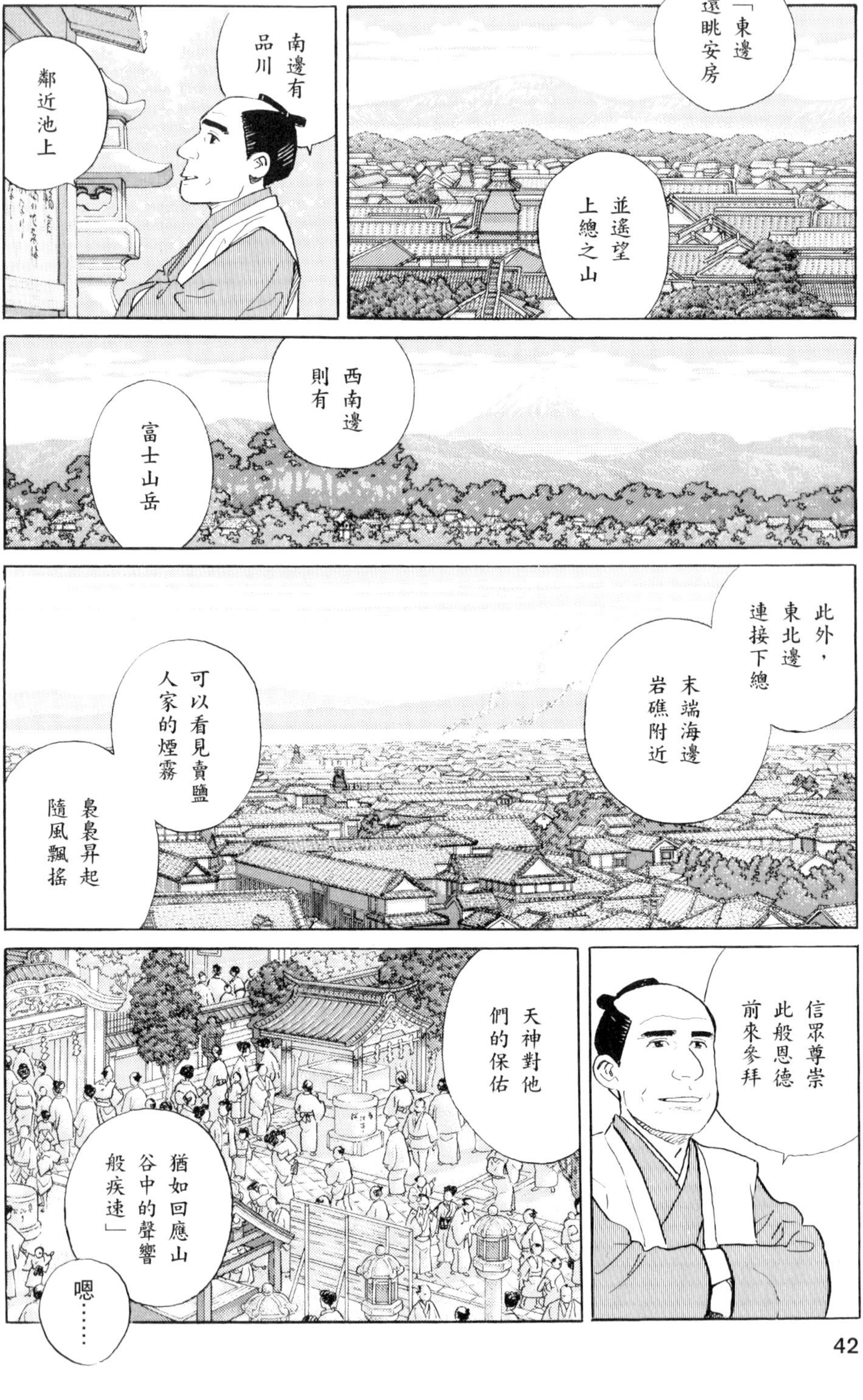
「東邊遠眺安房
並遙望上總之山
南邊有品川
鄰近池上
西南邊則有
富士山岳
此外，東北邊連接下總
末端海邊岩礁附近
可以看見賣鹽人家的煙霧
裊裊昇起隨風飄搖
信眾尊崇此般恩德前來參拜
天神對他們的保佑
猶如回應山谷中的聲響般疾速」
嗯……

鏗
我想想
該祈求什麼好呢？
鏘啷
鏘啷
說起來
還是闔家平安吧
啪
啪
啾
啾
唧唧
唧唧唧
放生鳥～～
放生鳥～～
放生龜～～
放生龜～～
鳥要多少錢？
嘿，客人你好啊。
鳥一隻十二文錢
呃
那
烏龜多少錢呢？
嘿
小的一隻六文錢
爬來
爬去

*此日本古時有名為「放生會」的活動，江戶時代會有商人在寺廟神社或是河川附近販賣捕獲的鳥、烏龜及鰻魚讓人購買放生。

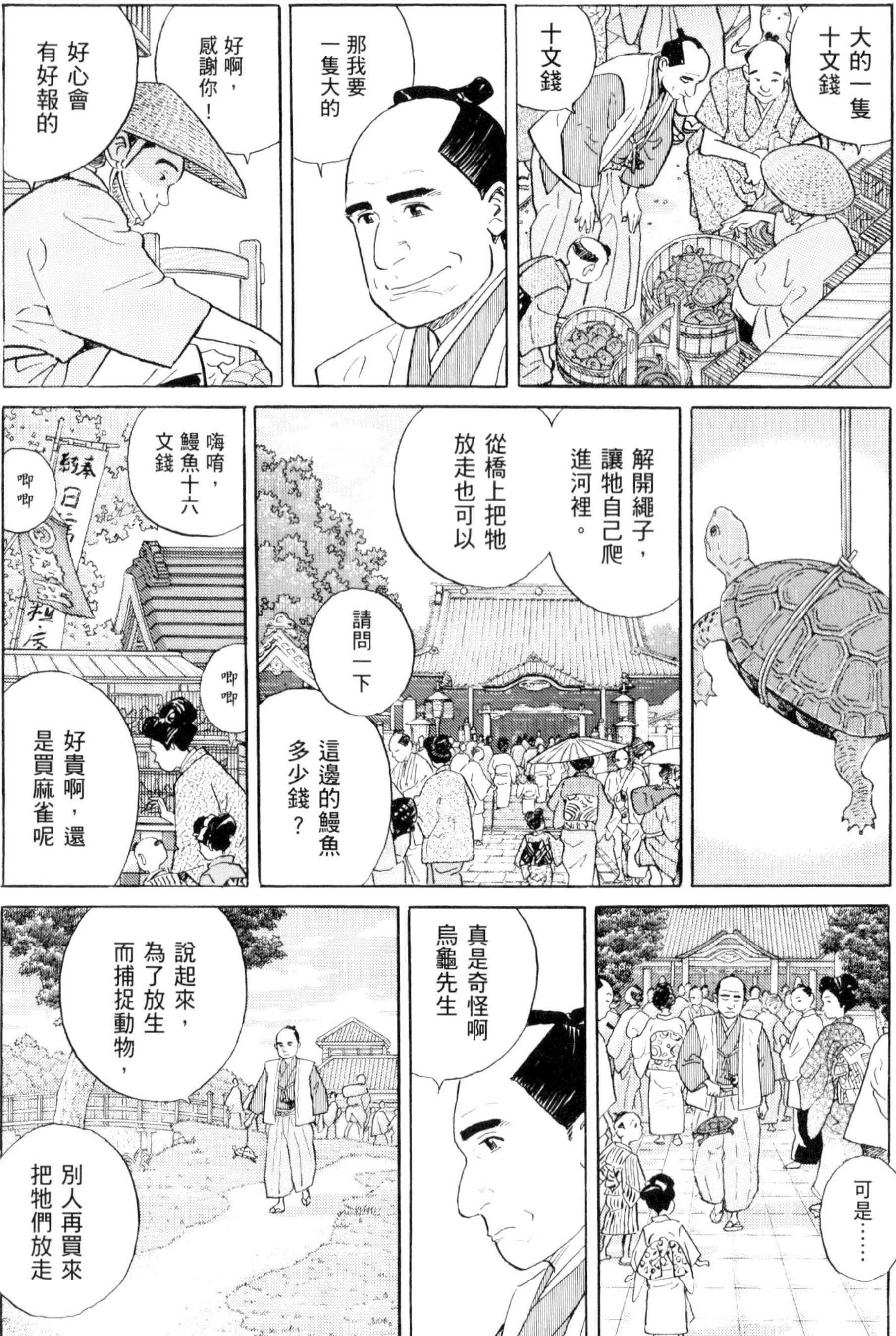
大的一隻十文錢
十文錢
那我要一隻大的
好啊，感謝你！
好心會有好報的
解開繩子，讓牠自己爬進河裡。
從橋上把牠放走也可以
請問一下
這邊的鰻魚多少錢？
嗨唷，鰻魚十六文錢
唧唧
唧唧
好貴啊，還是買麻雀呢
可是……
真是奇怪啊烏龜先生
說起來，為了放生而捕捉動物，
別人再買來把牠們放走

仔細想想
還是哪裡不太對勁
好啦
快走吧
爬動爬動
啪啦
烏龜先生，別再被抓著啦！
潛深一點！
再深一點……

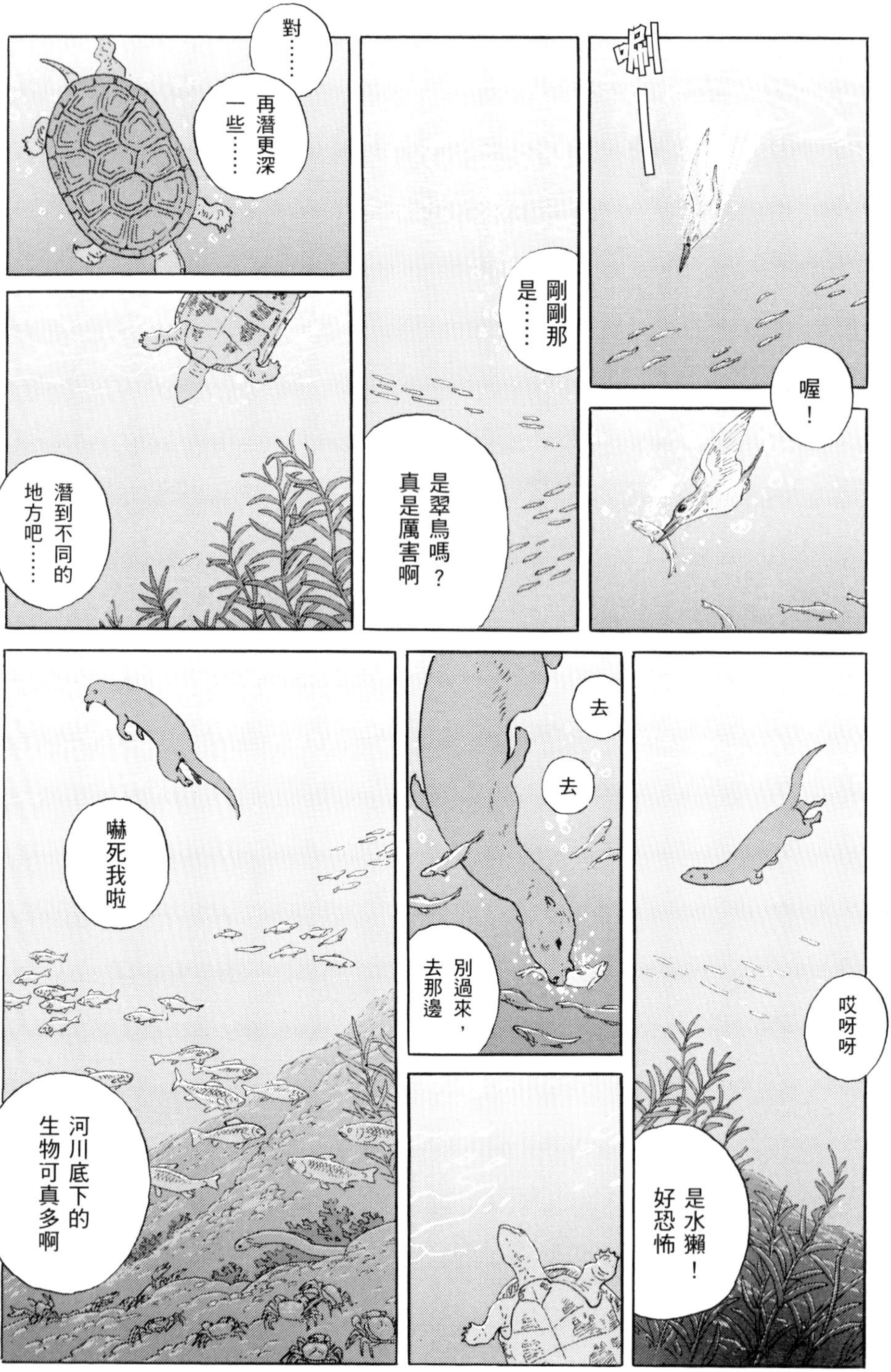
唰——
喔！
剛剛那是……
是翠鳥嗎？真是厲害啊
對……
再潛更深一些……
潛到不同的地方吧……
哎呀呀
是水獺！好恐怖
去
去
別過來，去那邊
嚇死我啦
河川底下的生物可真多啊

咦
那些……
不是我的朋友嗎
原來如此
先在這吃飯嗎
……感覺真不錯
像你們這樣慢悠悠地度日
打冷顫
唔~~
有點變冷了

差不多
該上去看看啦
喂
注意木舟啊
啵
唷呵~
在日本橋川的正中間啊
這裡的景色也很美

噗嚕
上到陸地，剛好來曬曬太陽。
啊
等等
噗嚕
別過去
那邊的岸上有人
小心又會被抓走
噗嚕
噗嚕
喔
沙沙
看樣子
婦人們在邊拔草邊玩鬧啊
呵呵
真傷腦筋，眼睛不知道該看哪好。

沙
沙
沙
喂喂
哇
那是什麼
妳看那裡啦
還不停住嗎
沙
沙
不要靠那麼近
會被發現
沙
那裡有東西
看我的
丟
我丟
我也來
快逃啊，烏龜
咚
別慢吞吞地爬啊！
嗚啊—
不行，危險啊！
咚

啪啦
唰唰唰唰
呼
……危險
危險
饅頭~~
鹹饅頭~~
先生
給我一個吧
好的
收您四文錢

咕嚕
咀嚼
嗯
好吃
這內餡鹹味剛好
嚼嚼
啵
嗯？
你啊……
怎麼還在
緩緩爬行
……怎麼了呢
即使讓你自由……
想幹嘛就幹嘛
結果，你還是哪裡都去不了嗎？

〈龜〉終。

修理鍋子——
修理釜鍋——
櫻。
貓
來喔——
川崎屋
修理鍋子——
修理釜鍋~~
唔……
哈~

不知道為什麼
每天都很會睡
呼哇哇
老是想睡覺
大概是熬夜的關係吧
啊啊……
不過話說回來
我這個人總是在盯著天空看呢

十四
十五
十六
嗒
嗒
十九
二十
……二十一 然後
怎麼算呢
二步半大約一間吧……
咦
這
……這是

嗯
嗯
貓的步伐很固定呢
我知道了
原來如此用貓的走法比較好
喂貓咪
教教我吧要怎麼走得像你一樣？
怎麼啦？
有什麼東西嗎？

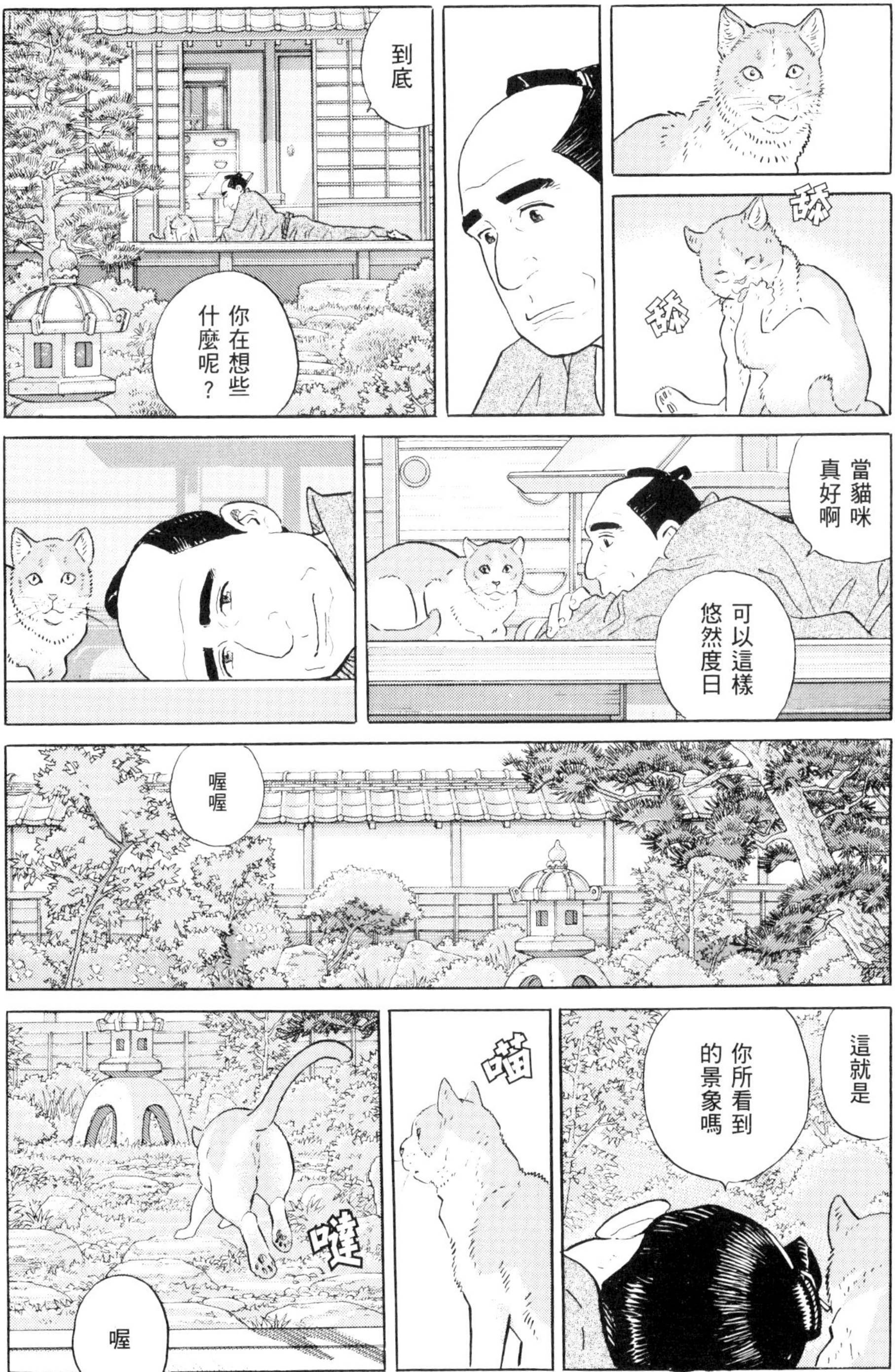
舔
舔
到底
你在想些什麼呢？
當貓咪真好啊
可以這樣悠然度日
喔喔
這就是
你所看到的景象嗎
喵
噠
喔

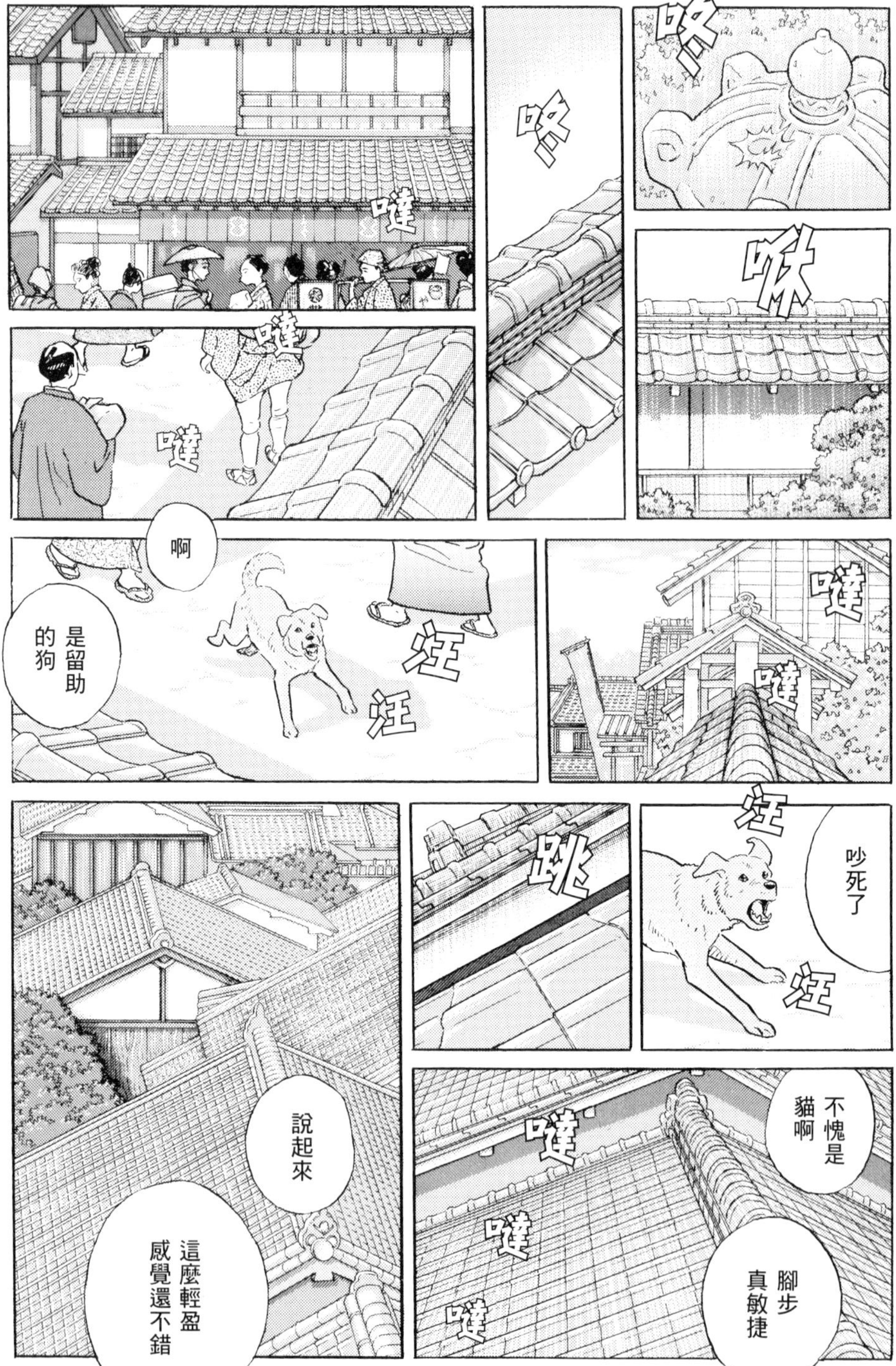
咚
咚
咻
噠
噠
噠
噠
噠
啊
是留助的狗
汪
汪
汪
吵死了
汪
跳
不愧是貓啊
噠
噠
噠
腳步真敏捷
說起來
這麼輕盈感覺還不錯

嗨唷
米糠
種子—
賣傘骨唷
嗨唷
賣傘骨唷
哎呀
這裡已經是瀨戶物町啦……
那是
好美啊
這個女人
呵呵
大飽眼福

吼—
嚇—
啊
喂，喂
咚
要去哪啊
咚
咚
不要跑掉啊，再讓我多看一些—
真是的
探頭
有夠可惜
咚
喀噠
喀噠
喀噠
喀噠
嗚哇
危險
喀噠
喀噠
喀噠

*竹莢魚

*小斑鰶魚

*一夜壽司：以醋醃製一夜使之入味，並用押箱輔助製作的壽司，又稱「押壽司」。

〈貓〉終。

星
……想不到
今晚星星真壯觀
這夜空正適合來去觀星
來喔來喔
剛烤好喔～～剛烤好

啪嚓
啪嚓
嘿
剛洗完澡要不要來一些啊？
哼哼
真是挑起食慾
來喔
熱騰騰的烤魷魚唷～
來吃香噴噴的烤魷魚
忍耐忍耐
哇
那是北辰吧
跟北極星指的是同一顆星星
……聽說
天空中的星星是以北辰為中心旋轉

*此處指子午線

是觀測天文景象不可欠缺的星星啊
子……
和午……
北極和南極
若化為天文學裡，球體上的座標
子午線一度的距離是多長呢？
究竟……
地球有多大呢？
來嘛，客人～
來店裡坐坐嘛！
客人──
盡是無法測量的東西……
我……

*此原文為くるくる（kurukuru），在日文裡

*影法師：類似傳統的手影戲或皮影戲。

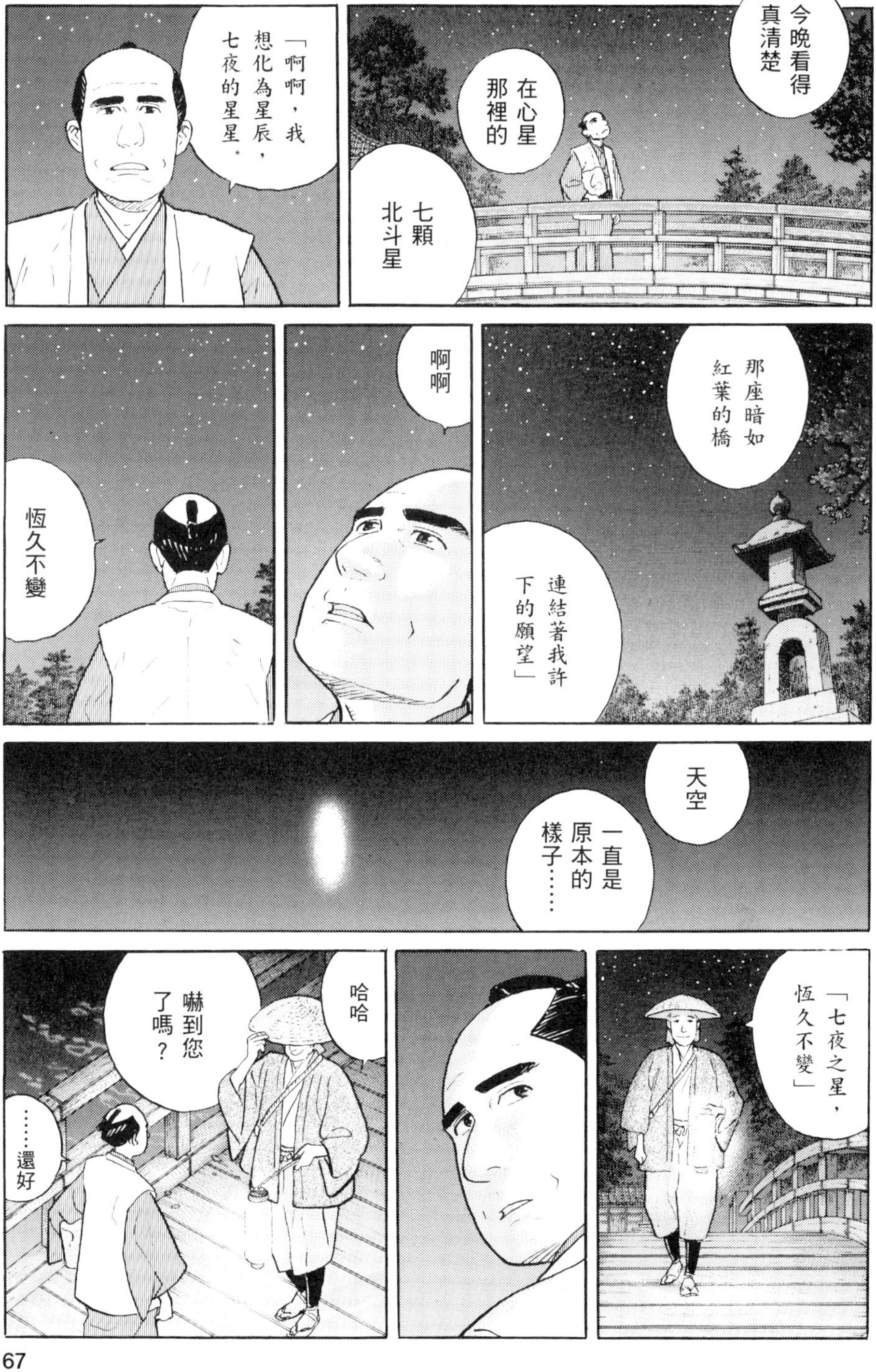
今晚看得真清楚
在心星那裡的
七顆北斗星
「啊啊，我想化為星辰，七夜的星星＊
那座暗如紅葉的橋
連結著我許下的願望」
啊啊
恆久不變
天空
一直是原本的樣子……
「七夜之星，恆久不變」
哈哈
嚇到您了嗎？
……還好

＊心星：為北極星的別名，意味「中心的星星」。

＊「七夜の星」為北斗七星的日文別名。

＊出自江戶時期的歌謠。

不知道是否因為黑夜的靜寂
今晚來到這座萬年橋上，格外感覺憂愁啊！
哎呀，真是不好意思
剛剛因為夜晚太舒適
不禁就吟唱起來
「響徹清澄秋夜，直達北斗星，砧板聲乎」*
……你剛剛念的
我記得是芭蕉的發句
嗯
芭蕉好像已經過世一百年了
聽說這句也是在芭蕉庵*作的
呱
呱
呱
呱
呱
呱
呱
當我感到迷惘時
總是會來這裡
您不覺得，這些蛙鳴
聽起來真令人心情歡愉嗎？
呱
呱
呱
呱

*《都曲》松尾芭蕉。

*芭蕉庵：松尾芭蕉住的草庵。

你該不會是俳人*吧
哈哈哈
您太看得起我了，我在俳壇裡仍是沒沒無名啊。
前些日，才剛從西國*旅行回來。
身為年輕一輩，修行還不夠。
……
還在享用芭蕉翁先前的努力
不過如此而已
但是俳人自由自在出世脫俗
令人羨慕啊
沒有沒有
看似自在脫俗，其實面對的情況很艱困。
俳諧行腳*的目的雖然是希望推廣俳諧
……
但這個想法和冀望從他人那獲得自己生活的糧食
以及買草鞋的錢一樣，別有居心。
甚至更為卑微

*意指俳句詩人

*西國：指日本西邊各地

*俳諧行腳：意指俳諧師為了普及俳諧，使之大眾化，而去日本各地教導一般人寫作俳諧。

縱使如此，我還是會繼續創作俳諧。
……無論身處何方，仍堅持自己的俳風。

即使因此
而無姻緣
在找到屬
於我的句
風以前
我會繼續
腳踏實地
地走…
一句又一句地
繼續寫下去的
呱
呱
呱

呱
呱 呱
呱 呱
呱
呱
了不起……
真是崇高的志向
我不停徘徊……
正因為我是平凡人
才會迷失在這條奧之細道上，這卻也令我感到快樂。*
是嗎……
蕎麥麵——
烏龍麵——
一杯二錢喔——
蕎麥麵——
烏龍麵——
肚子有點餓了
要吃嗎？
嗯……您願意招待我嗎
當然啦
難得能聽到與俳句創作有關的心得
你好，歡迎光臨
那就不客氣了
真的非常感謝您

*引用自芭蕉的奧羽北陸遊記標題《奧之細道》。

嘶嘶——
嗯，好吃
嘶嘶——
吸——
我活到這個年紀，也退休了……
哦
雖然是自由之身
但內心仍時常感到迷惘，游移不定
嘶—
真羨慕你的生活方式
就像這片星空般順從己意做自己
哈哈哈哈
真傷腦筋啊，我看起來像那樣嗎？
順從己意……
不卑不亢委身於世
希望我自己的俳句裡也能有那樣的情調

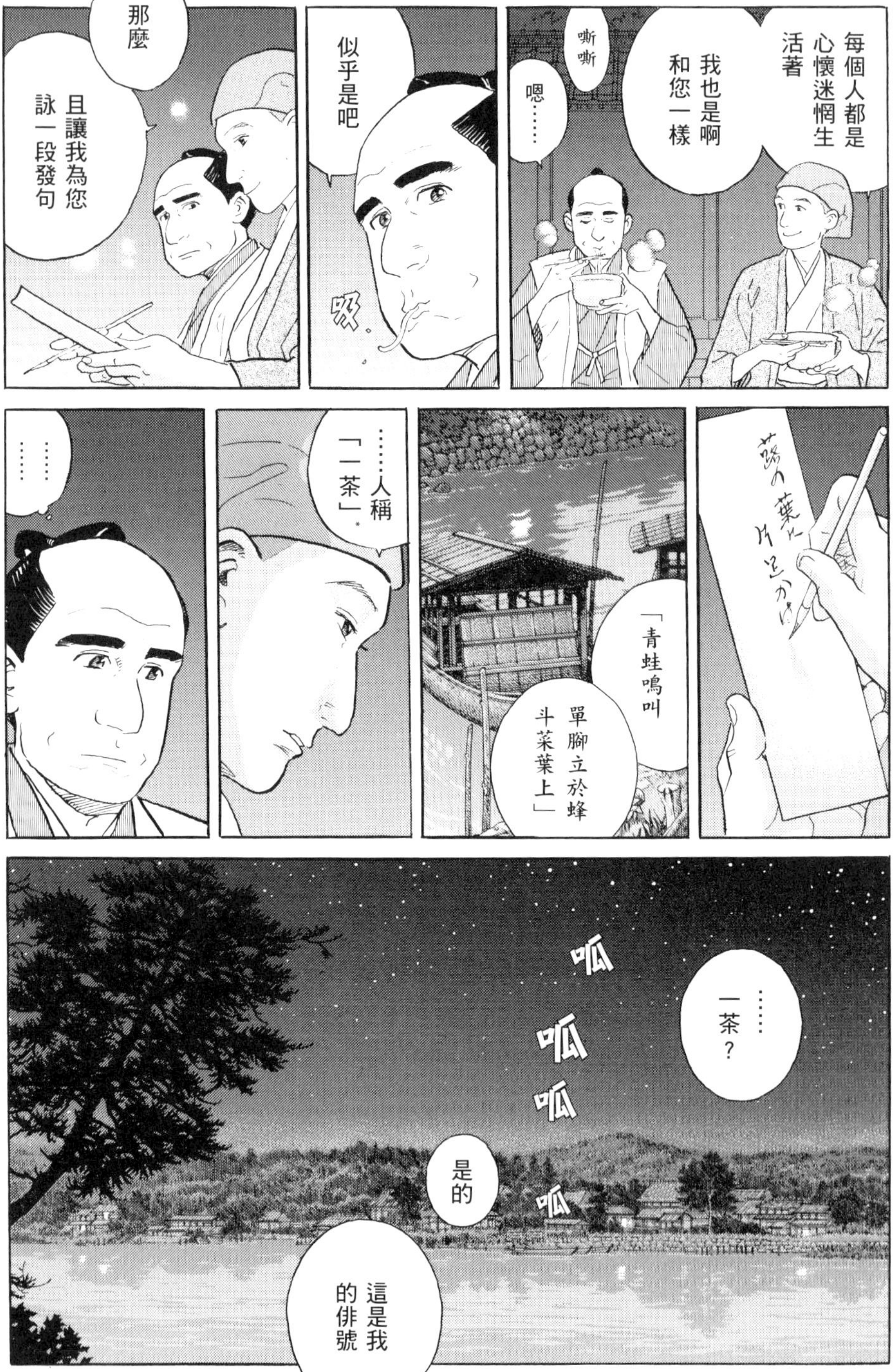

*小林一茶（1763～1827），日本著名俳句詩人。二十九歲時改號為俳諧寺一茶。

〈星〉終。

今天，日本從一大早就很晴朗。
鯨
這日子正適合來退潮的海灘捉魚貝啊！
居然那麼多人……
品川洲崎*果然很有名啊。
「海灘寥寥人跡，逢退潮，一湧而出。」*
這句話說得真好。

*洲崎：以沙堆積填成，形狀像岬。

*江戸川柳名句。

那也不用特地來品川，
深川沖*就夠了吧。
別這麼說，
那裡歸那裡，這裡歸這裡。
兩邊的景象完全不一樣
風景真怡人
看，
今天是對岸一年當中最大的潮汐，難怪潮差很大。
沒有水的海岸甚至延伸得那麼遠
啊
爸，我找到了！
哎呀，好大啊！
哇，這不是蛤蜊嗎？
太好了，繼續繼續，多挖一點！
哇！
我也挖到啦—

*深川外海，品川洲崎與深川洲崎皆為當時退潮捕海產的勝地。

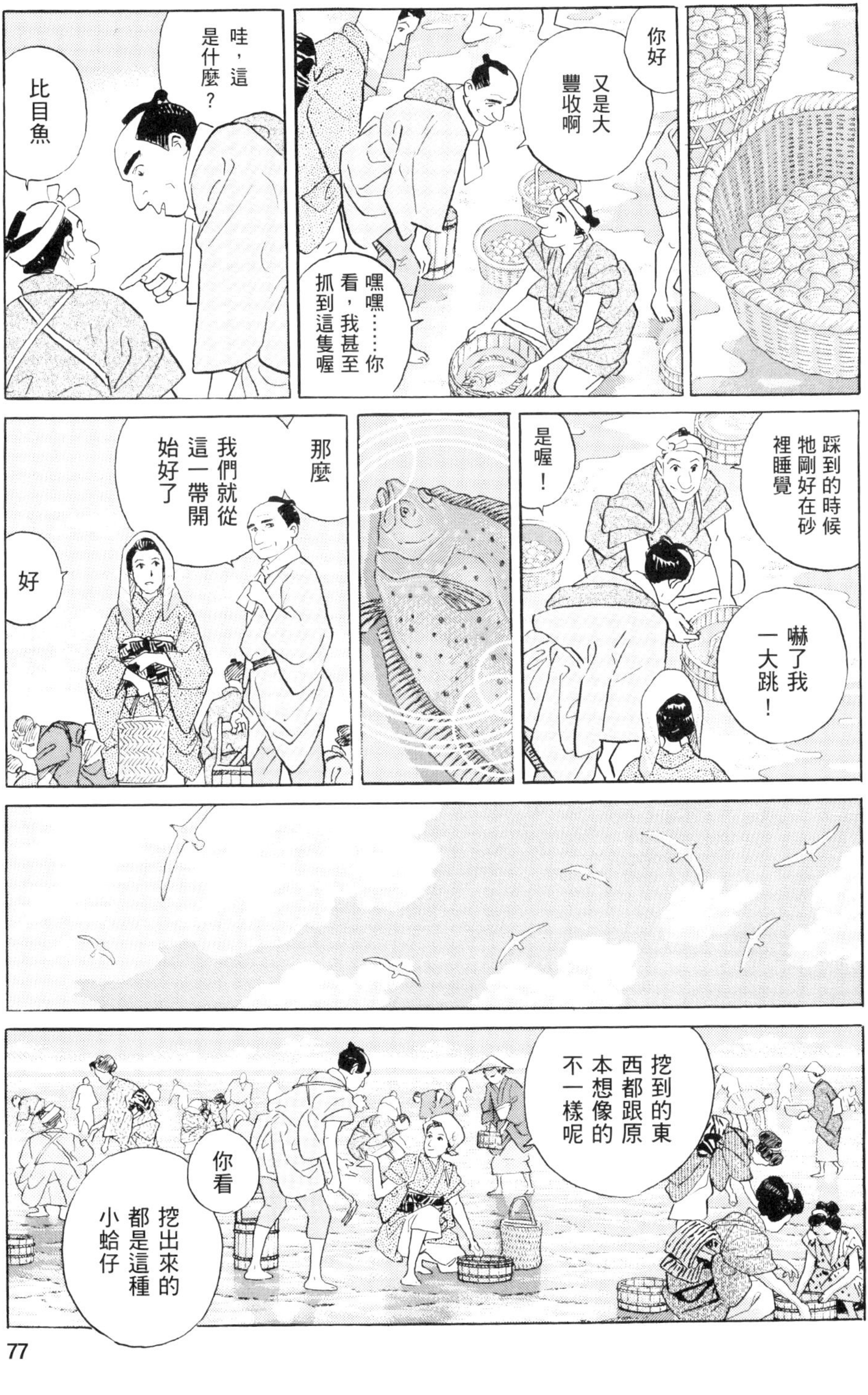
你好
又是大豐收啊
嘿嘿……你看，我甚至抓到這隻喔
哇，這是什麼？
比目魚
踩到的時候牠剛好在砂裡睡覺
是喔！
嚇了我一大跳！
那麼我們就從這一帶開始好了
好
挖到的東西都跟原本想像的不一樣呢
你看
挖出來的都是這種小蛤仔

是不是這邊不好啊
要不要過去那邊一點看看？
好啊
咦？
哎呀
你看看親愛的
真漂亮
嗯？
牠們被留在淺灘了呢
會就這樣乾掉嗎？
好可憐……
滿潮時牠們就又會被沖回海裡的
但前提是沒被小孩們抓走就是了。
那我留在這好了
哦？
妳不繼續走了嗎？
是呀
親愛的，你太拚命了，請別到離海太近的地方唷。
……奇怪
竟然一直到海那邊都還那麼多人……

啪
啪
啪
四十七
四十八
四十九
五十
哎唷
不行不行，怎麼又開始數了。
啪
嗯？
沙
沙
沙
喔
有了！
居然是這麼大的蛤蜊！
啊哈哈
突然幹勁十足啦！
沙
沙
出來啊
出來啊
滑溜溜
！

哇！
啪喳
哎唷喂呀
剛……剛剛那隻……是什麼？
怎麼啦～？
挖到什麼了？
喔 真驚人啊
這不是章魚嗎
等等，等等
要輕輕地拿
別讓牠逃了唷
好
就是現在
啊……不行
潛進砂裡了！
用力拉！
噗
哎唷
噴墨汁了
可惡
我要把你做成醋醃章魚！
不要啦，加砂糖用悶煮的比較好
啊哈哈哈哈
這隻好大啊
拿來燉湯吃了吧！

沙沙沙沙
呼，真是嚇了一跳
真是的
我以為退潮時只抓得到小蛤仔和蛤蜊而已耶
沒想到連章魚都抓得到……
我在那邊的海灘還看到比目魚呢
沒錯啊
畢竟這裡連鯨魚都抓得到啊。
什麼？
鯨魚……怎麼可能?!
嘿嘿嘿
難以置信吧
可別嚇到喔
跟你說…
……
……

這件事啊……
恰好是兩年前的五月
咿
嗚
嗚
嗚
正值暴風雨肆虐之時，
大鯨魚迷失方向來到品川外海。
啪啦
這可讓洲崎的漁夫們忙翻了
大家馬上划著船追到了天王洲
那條鯨魚大概因為自鯨群走失，已經完全沒有力氣了。

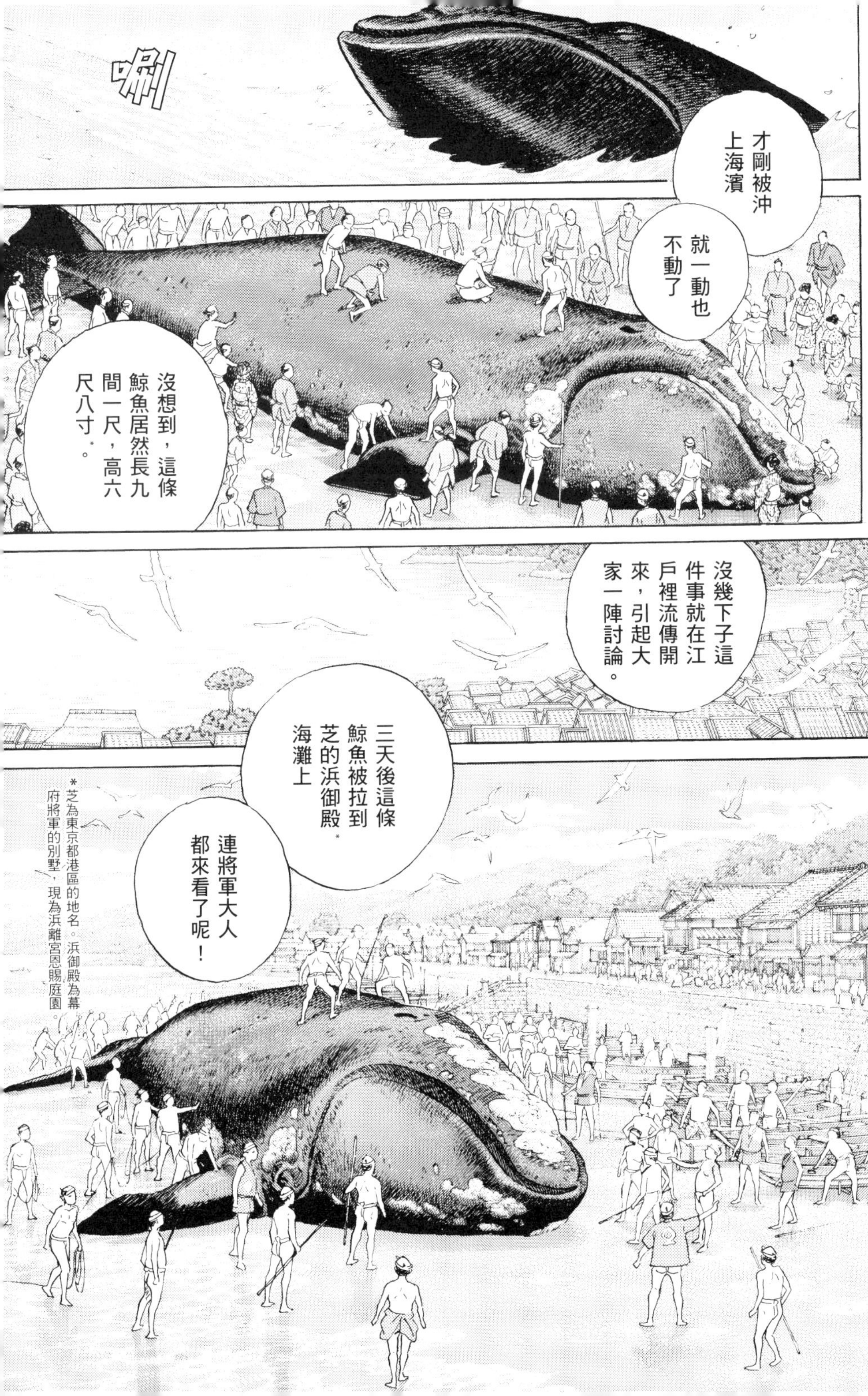
唰
才剛被沖上海濱
就一動也不動了
沒想到，這條鯨魚居然長九間一尺，高六尺八寸*。
沒幾下子這件事就在江戶裡流傳開來，引起大家一陣討論。
三天後這條鯨魚被拉到芝的浜御殿*海灘上
連將軍大人都來看了呢！

*九間一尺約16.7公尺。六尺八寸約2公尺。

*芝為東京都港區的地名。浜御殿為幕府將軍的別墅，現為浜離宮恩賜庭園。

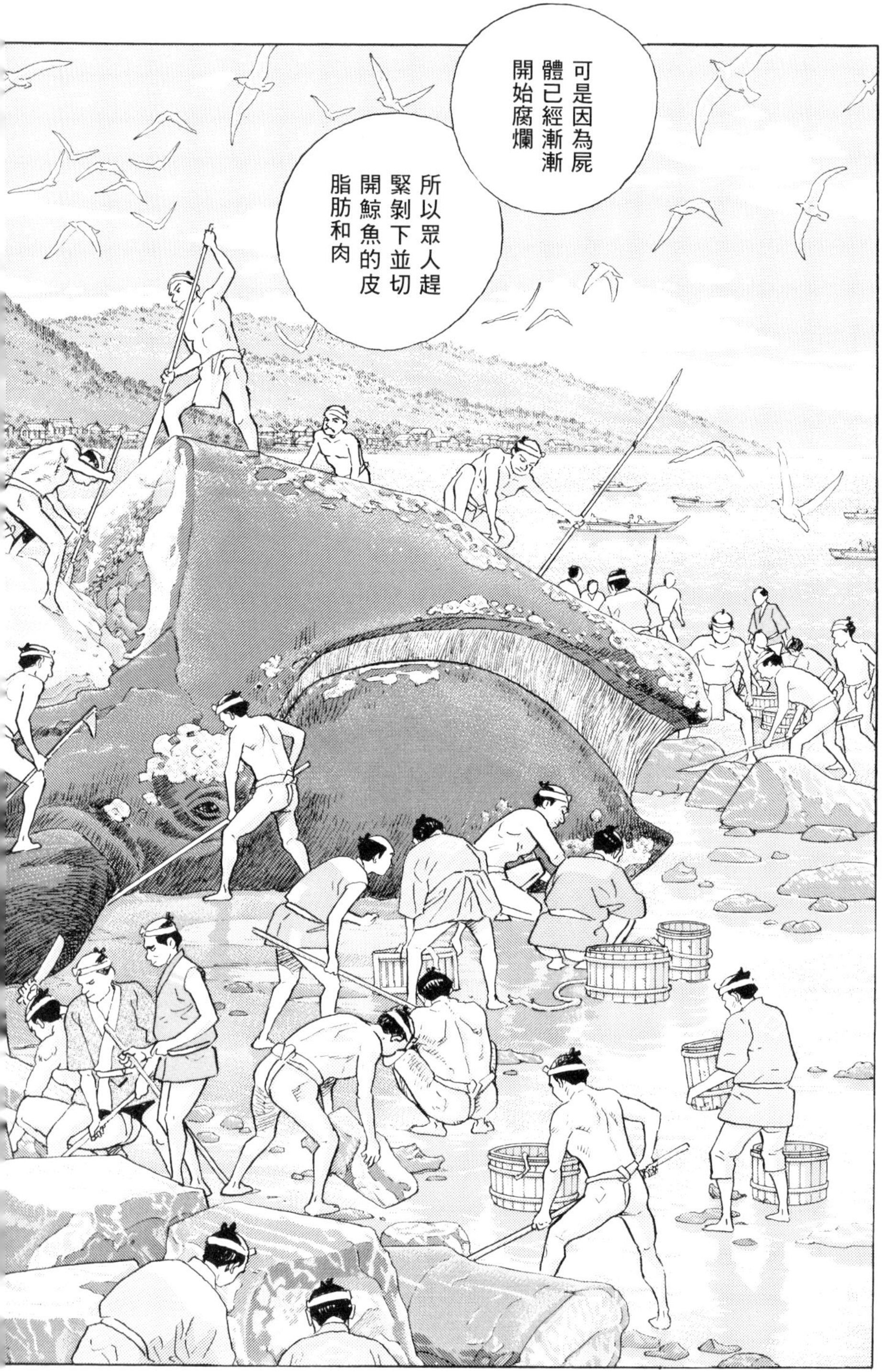
可是因為屍體已經漸漸開始腐爛
所以眾人趕緊剝下並切開鯨魚的皮脂肪和肉

前後差不多花了一天，最後只剩下骨頭……
於是大家就把牠埋到洲崎的弁天*旁邊

*洲崎弁天為現在的利田神社，供奉日本七福神之一的弁財天。

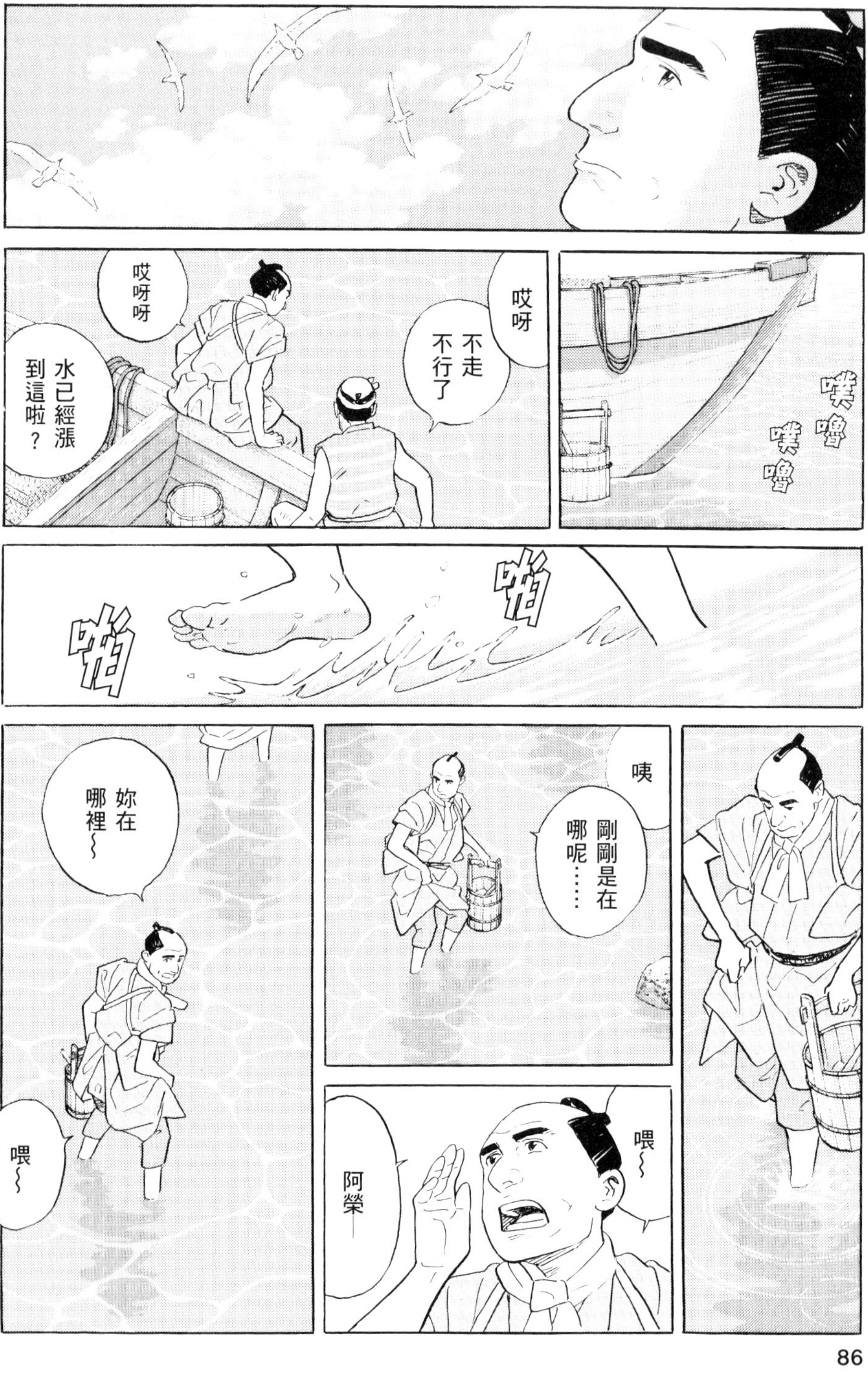
噗嚕
噗嚕
哎呀
不走不行了
哎呀呀
水已經漲到這啦？
啪
啪
咦
剛剛是在哪呢……
喂～
阿榮—
妳在哪裡～
喂～

親愛的——
我在這啊~~
哎
真是的
原來在這啊
剛剛找好久
啪
啪
你啊
是不是忘記我也在這啊？
託你的福，我現在也濕答答的。
抱歉抱歉
嘩啦啦啦啦
好燙
喂喂
可別急啊
呼——
新鮮的蛤蜊果然真是好吃啊——！
啾
嗯嗯，味道真是特別
喂——
章魚也煮好囉——

這裡……
不就是洲崎弁天嗎？
為什麼要來這裡？
因為，我想看一下這裡的某個東西
曾經有鯨魚來過這海灘的證據
哦
鯨魚啊
啊
鯨塚
就是這個
上頭有刻著「鯨塚」
哎呀
是谷素外*的發句呢
名響江戶町，
夏季來到的鯨魚，
冥冥天意。
〈鯨〉終。

*谷素外（1717～1809），江戶時

雨
不太妙啊
雲的走向變得有點不對勁。
好像會下大雨
天色真的變暗了。
今天就別出門了吧！
不
可以幫我準備雨具嗎？
什麼？
做測量
不見得只限於大晴天啊！

滴滴滴…
滴滴滴…
啪嚓
啪嚓
好久沒下雨了
這場雨來得真及時
話雖如此
雨勢好像變大了
真是的
做生意用的東西都淋濕啦！
雨這麼大，根本沒辦法做生意或者在街頭表演。

真羨慕船夫
輕而易舉
就可以划在水上
啪嚓
啪嚓
嗯—
真不好走……
二百零六……
二百零八
步伐完全沒辦法固定
滑
喔
哇
哇
好險好險
止住
道路變得泥濘不堪了

嘩
啦
啦
嗚哇
雨勢愈來愈不妙了
啪嚓
嗯——
想試著在雨天計步……
果然還是很困難啊
嘩
啦
啦
哎，真傷腦筋啊……
沒辦法正常地走路
滑動
哎呀
小心
步伐會變窄
想維持一步二尺三寸的步伐
看來是行不通了

虧我還特地帶著量程器（計步計）*
結果派不上用場……
這是平賀源內*辛苦作成的樣品呢
雖然他總被說是詐欺師
如果現在還活著的話
搞不好
已經發明出很不得了的測量機器了吧
哈哈哈
浮起來了—
哇
哦……
啪啦
啪啦
天啊
水已經淹成這樣啦

*江戶時代的計步器。

一般民眾無法接受及認同他的想法與作品，所以稱他為「山師」（詐欺師）。

*平賀源內於江戶時代中期將歐洲製的計步器改良為「量程器」，不過當時的「量程器」只是用來測量距離，而非計步。

喂——
小朋友——不要一直在那玩水！
啪啦
啪啦
啪啦
哇
哇
啊哈哈
快回家裡——會感冒唷！
看我的
啪啦
孩子們真是天真無邪啊
哇
不管是雨還是雪
都能玩得不亦樂乎
呼呼
唰
元町的地是填海填出來的，地勢比較低。
唰
唰
這附近的水大概沒地方流出去吧？
啊
滑
唔
哇，哇……

啪嗒
哇
哈哈哈
跌倒了跌倒了——
耶~~~
呸
太好笑了——
噗
啊哈哈
耶~
身上都是泥巴~~~
哇~
啊哈
哎呀呀
濕了
濕透啦
哇
鬼啊——
啊哈哈哈
哈
哈
啊哈哈

嘿嘿~
哇啊
啊哈哈哈
啊~~
快逃啊
快逃啊——
不管啦
啪啦
吼~
哇啊啊
痛快，真痛快啊！
時而下雨
時而颳風
太陽昇起
花朵盛開

雨，讓綠草和樹木
甚至是水的流動
充滿著春夏秋冬
四季更迭的芬芳
啊啊…
沒想到…
江戶也有這麼美的一面

喀咚
喀咚
喀咚
喀咚
得了腳氣病嗎？
喀咚
喀咚
嗯？
等等
車輪的轉動
很固定呢
……原來如此
只要數出輪子的轉動次數就可以了……

想不到，從得了江戶病的人坐的輪椅
會有如此啟發……
不過，聽說江戶裡得腳氣病的人變多了。
可以說是奢侈的病嗎？
畢竟江戶人民似乎一向很自豪
都只吃自己搗的米
飲食還是要好好留心啊
不能走路的話……
就沒辦法完成計步了

＊江戶病即腳氣病。

＊一般史學、醫學家認為導致江戶人得腳氣病的主因來自吃精米的習慣。

今天怎麼啦，親愛的？
看你匆匆忙忙回到家
然後就一直關在房間裡
嗯
不知不覺做得入迷了
……
好！
完成了
妳看
這是量程車的設計圖
量程車……？
前進スル車輪ノ廻轉ヲ利スル
カヲ順次齒車ニ
只要使用量程車
在雨天也能夠測量距離啦

〈雨〉終。

螢

*谷風梶之助與小野川喜三郎皆為江戶時代著名的相撲力士。

三千七百五十二
哇—
喔—
三千七百五十四
把他提出場外谷風—
呀—
吾妻橋西材木町
呀—
還沒結束，加把勁啊！
三千七百八十九步
這次的誤差大約在三步左右。
嗯—
喔—
呀—
在一人相撲啊
繼續繼續，還沒還沒！
這附近還真多在街頭賣藝的人啊

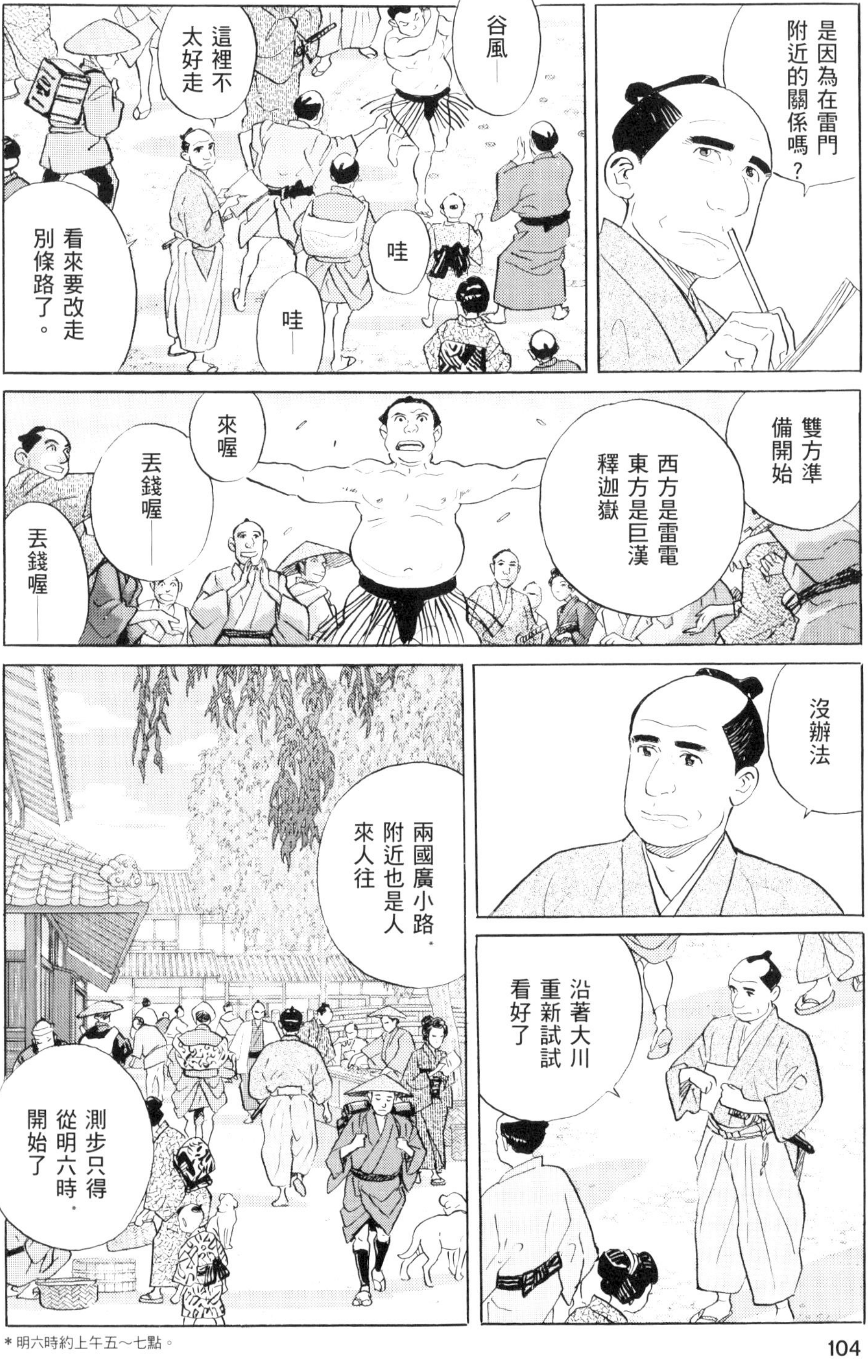
是因為在雷門附近的關係嗎？
谷風──
這裡不太好走
哇
哇──
看來要改走別條路了。
雙方準備開始
西方是雷電 東方是巨漢釋迦嶽
來喔
丟錢喔──
丟錢喔──
沒辦法
兩國廣小路*附近也是人來人往
沿著大川重新試試看好了
測步只得從明六時*開始了

*雷門所在的淺草自古以來就是商家聚集，人潮眾多，相當繁華的地方。

*釋迦嶽雲右衛門為傳說中的巨人力士，是雷電為五郎的養子。

*廣小路為幕府設置的防火空地。

*即隅田川。

*明六時約上午五～七點。

*江戶時代，幕府停泊船艦的地方

*約5．665公里。

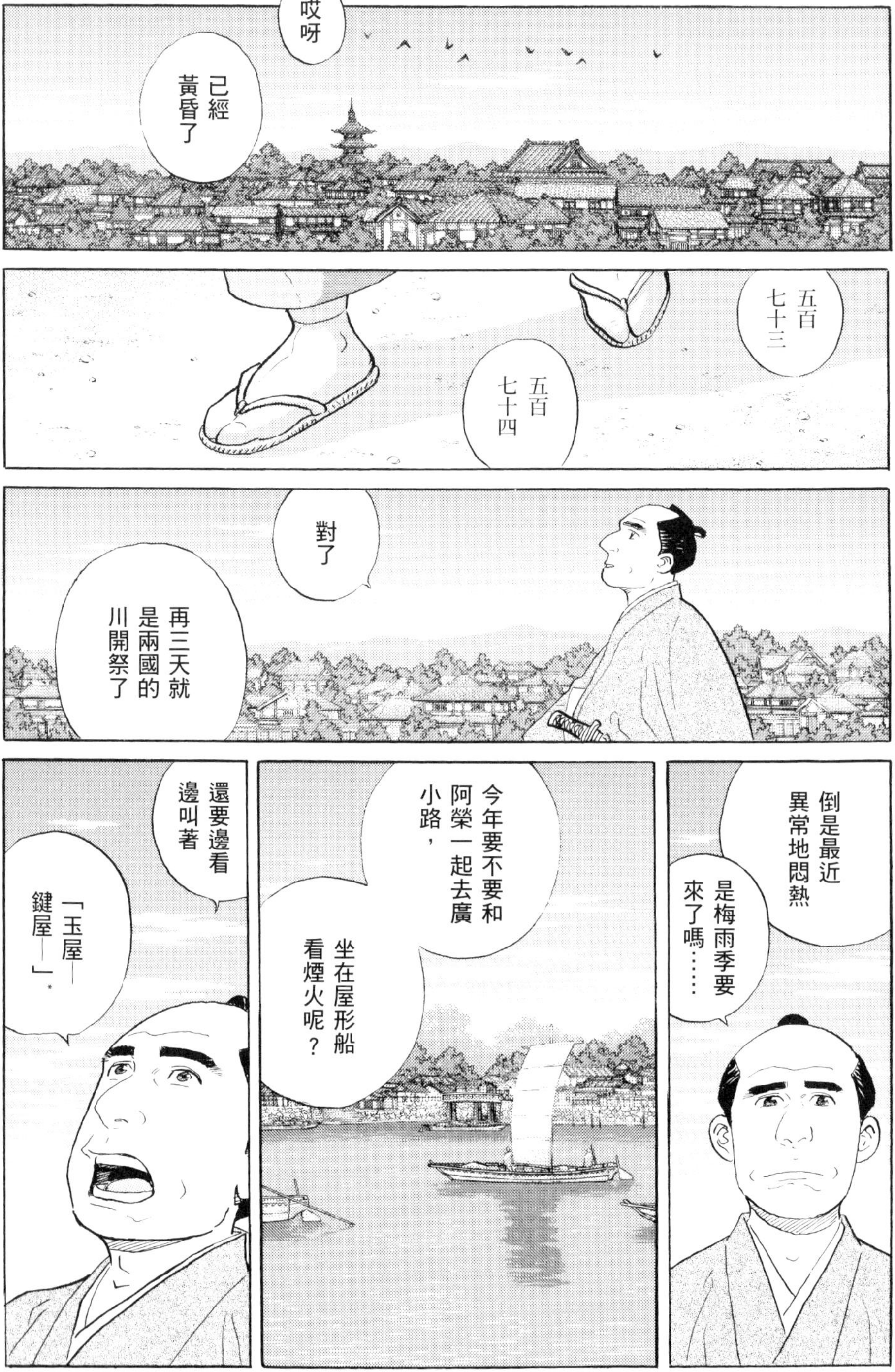
哎呀
已經黃昏了
五百七十三
五百七十四
對了
再三天就是兩國的川開祭了
倒是最近異常地悶熱
是梅雨季要來了嗎……
今年要不要和阿榮一起去廣小路，
坐在屋形船看煙火呢？
還要邊看邊叫著
「玉屋——鍵屋——」*

＊兩國的川開祭是慶祝隅田川開放納涼舉辦的祭典，同時還會施放煙火，可說是現今日本夏季煙火大會的始祖。

＊群眾觀賞煙火爆炸時會跟著喊「玉屋」（たまや／tamaya）和「鍵屋」（かぎや／kagiya），這兩家原為製造煙火的商家，會在隅田川煙火大會時相互競技，看誰的煙火比較漂亮。

六百九十五
六百九十六
那個人……
今天也在……
您運筆真是漂亮啊！
啊……
不過就快要酉時*了
沒有沒有
我還不成熟，才在學怎麼畫花鳥呢。
我常常走來這
每天都看到你很認真地作畫
不要緊
等待也是修習畫業的一種

*酉時為下午五～七點，約黃昏時分。

這麼做
以悟出嶄新的作畫思想
是喔……
等待觀察
真體以立、行體以步、草體以馳。*
哦？
那又是什麼意思
也就是……
「下筆時，筆意要來自手中的心，而非交付予筆桿」
這是我的運筆心得
嗯—姆
更難懂了
哈哈哈 不小心變得好像在說教啦
您也試著等看看吧
哦……
時候也差不多了
…………

*「真、行、草」原指書法字體中的楷書、行書與草書，日本人也用來形容不同的美學，格式工整正式為真，與之相對格式較不正統為草，兩者之間為行。

……是螢火蟲？
沒錯
啊……
喔
總算出現了
啊啊
雖然比不上有名的落合（新宿）
不過大川的螢火蟲也不是省油的燈唷！

「這些妖豔的光芒
最奇妙之處
停在草葉上時
宛若未滴下的露水
飛在空中時，又讓人誤認為天上的星星」

呵呵
螢……
螢……
螢火蟲——過來啊
「人稱此處之螢如玉
齊飛之時又如星斗
風兒清月兒圓
猶如名畫般別有興味」
嘿
嘿
螢火蟲——過來啊

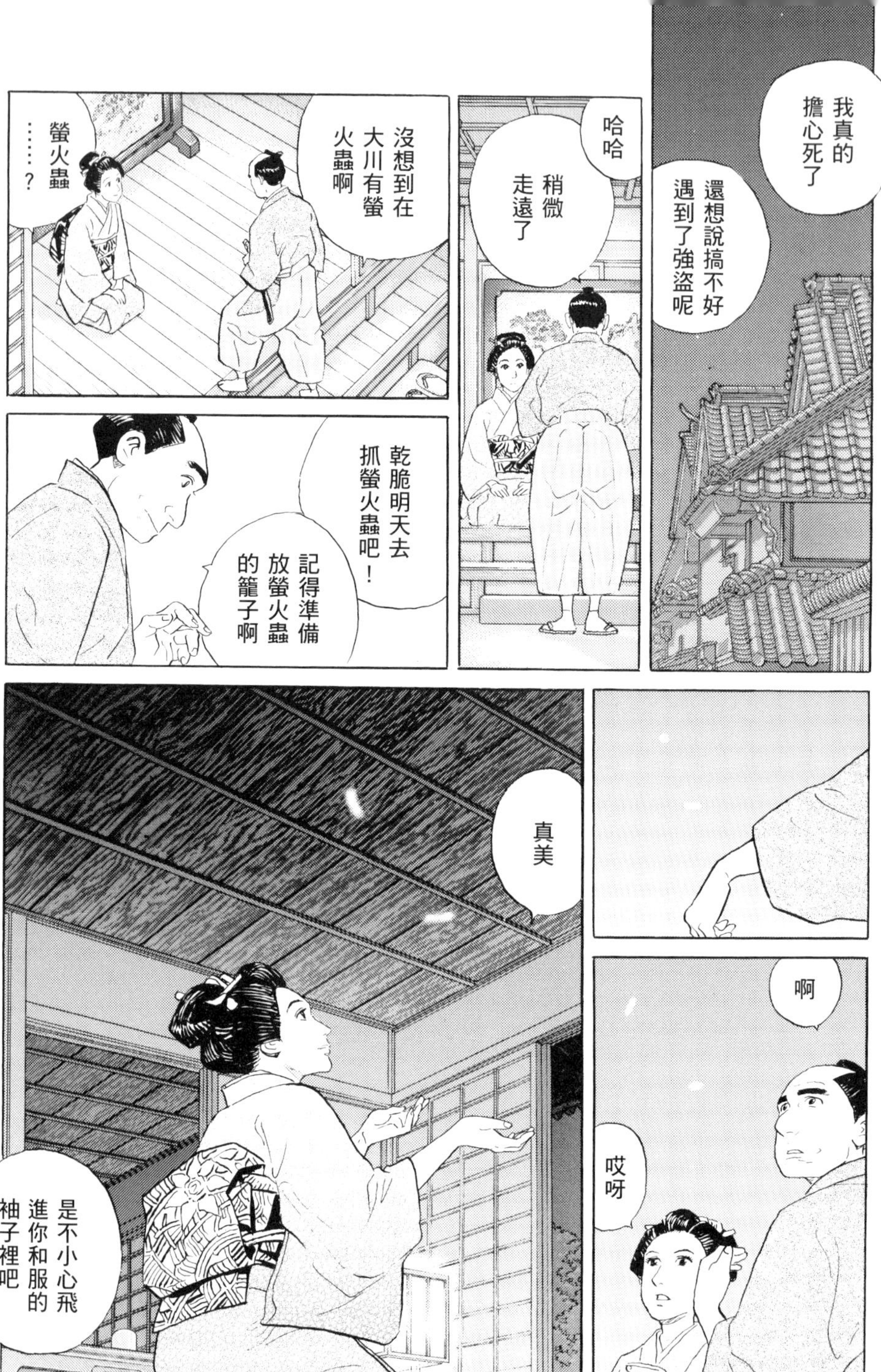
我真的擔心死了
還想說搞不好遇到了強盜呢
哈哈
稍微走遠了
沒想到在大川有螢火蟲啊
……螢火蟲……？
乾脆明天去抓螢火蟲吧！
記得準備放螢火蟲的籠子啊
啊
哎呀
真美
是不小心飛進你和服的袖子裡吧

〈螢〉終。

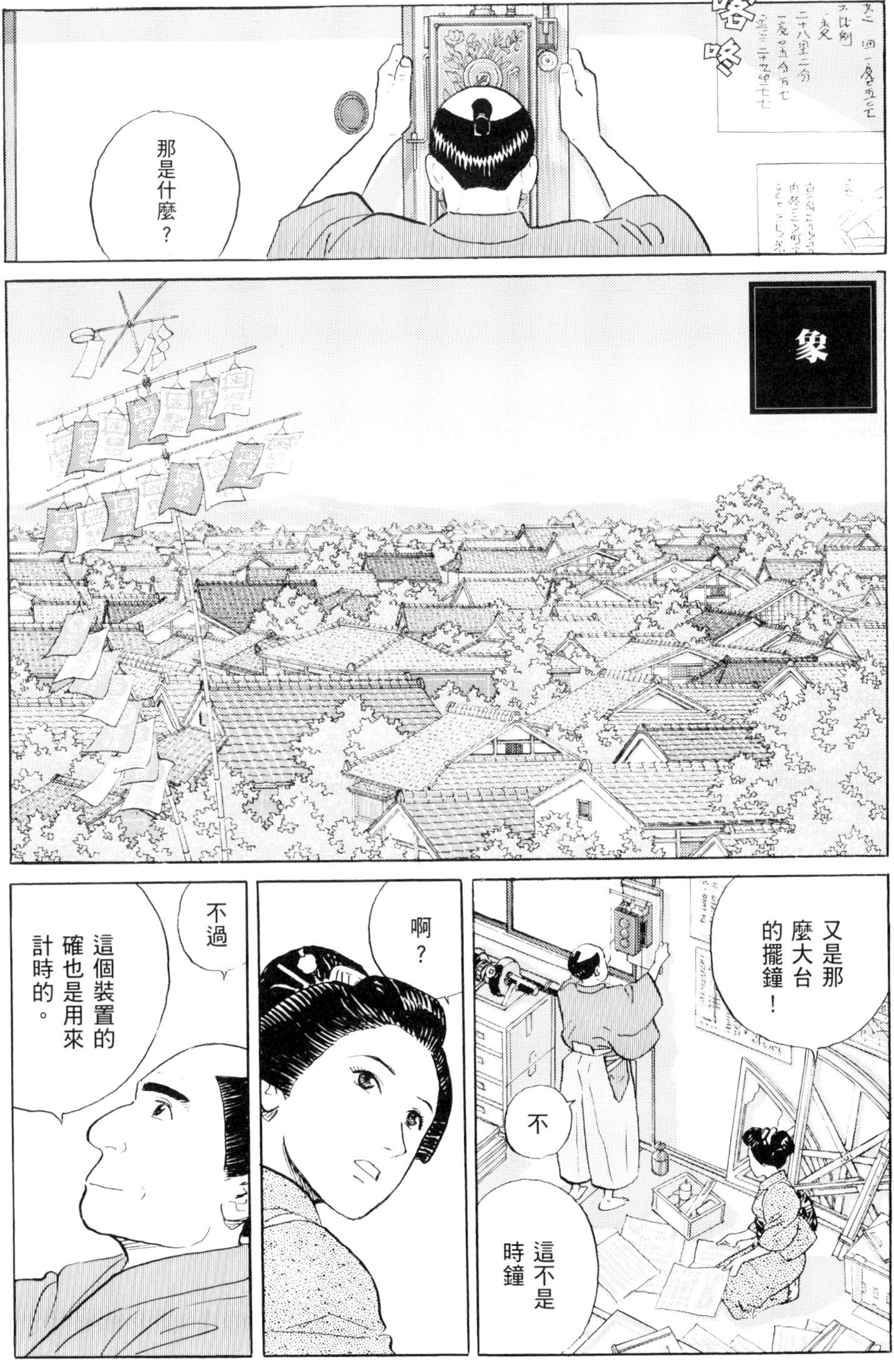
喀咚
那是什麼？
象
又是那麼大台的擺鐘！
不
這不是時鐘
啊？
不過
這個裝置的確也是用來計時的。

它用在觀察天象
叫作「垂搖球儀」*
像這樣……
就能從擺錘的振動數
換算出時間
真是的
你啊是打算把這裡弄成天文台嗎？
嗯
啊
沒有啦，不是那個意思……
是因為你說要在江戶過退休生活
我才跟在你身邊扶持你到現在
想說下半輩子可以一起悠閒地渡過……
才沒過多久
……

*記錄擺錘擺動次數的時鐘。

家裡頭到處放著莫名其妙的器材
嗯——
當然我也不是討厭讀書寫字
才會這樣幫你忙
但我才剛想，總算知道怎麼使用這台象限儀了*
結果這次又跑出了這台！
啊
對不起
可是呀我能夠做這些研究
也是多虧有妳在啊！
就算你說得那麼好聽……
卻總是想幹嘛就幹嘛
也不通知我一聲，就自己突然出門。

*象限儀是測量角度的器具，裝有望遠鏡，可用於測量天體與地面的高度距離。

喵
咪
對啦
你這個人就像貓一樣
雖然喵喵叫
但一靠近到你身邊就突然跑掉了。
來
喵
小野貓啊你看
他真是令人傷腦筋啊
扭來扭去
咚嗡嗡嗡嗡
差不多晝九時了
要不要去吃麵，阿榮？
扭來扭去
哎呀，真難得啊
看來偶爾也該發個牢騷。
喵

寒天*——
心太*——
也有水菓子*唷——
明明已經文月*了
怎麼還那麼熱啊？
天空倒是很多雲
明天就是七夕了……
東北到西南方
如果沒有雲的話就看得到吧
不知道
看不看得到天之河*呢？
牛郎與織女星

*寒天、心太為用不同藻類製成的凍類食品。*水菓子為水果，也可指果凍類的甜點。

*陰曆七月

*天之河（天の川）即銀河。

*出自《万葉集》，作者為山上憶良。

「你乘著船橫渡天之河
今夜將來到我身邊」
啪
啪
妳想在短冊*上寫什麼願望？
不知道
要寫什麼好呢？
十五
十六
呃
哎—
真是的
十七
你啊
哈哈
習慣成自然了

*出短冊為長方形的紙卡，日本傳統習俗裡，七夕時會在短冊上寫下願望並掛在樹上。

金魚~~
金魚——
要走去哪兒？
淺草雷門那邊
轉角有間店。
那家的山藥沾麵很美味。
哎呀，江戶最好吃的蕎麥麵屋。
咦
這是什麼……
不知道耶
這印子
到前面都還有

嘿嘿
你覺得這是什麼呀
不知道呢……
從沒看過
這是一種叫「象」的動物的腳印。
象……
原來如此，在圖版上曾經看過。
這是腳印的話，那身體可是相當大啊！
哎唷對呀
這頭象巨大到讓人嚇得站不直。
聽說殿下想看看
所以特別遠從印度這地方帶過來的。
這樣啊……
印度嗎……

你看牠那麼重
朝五時*經過這裡
過了那麼久留在這的印子還是那麼深
身高的話……
大概有二層樓那麼高吧。
*朝五時約上午七～九點。
真是有意思
哈
大家一定覺得牠像妖怪
可是牠既溫馴又聽得懂人類的語言。
而且一步、一步
都走得緩慢沉穩毫不急躁呢。
象……

……這世界上有這種動物
真是不可思議啊
晃啊晃
舒舒服服地
坐在象的背上
看到地球是圓的
天空如此廣闊

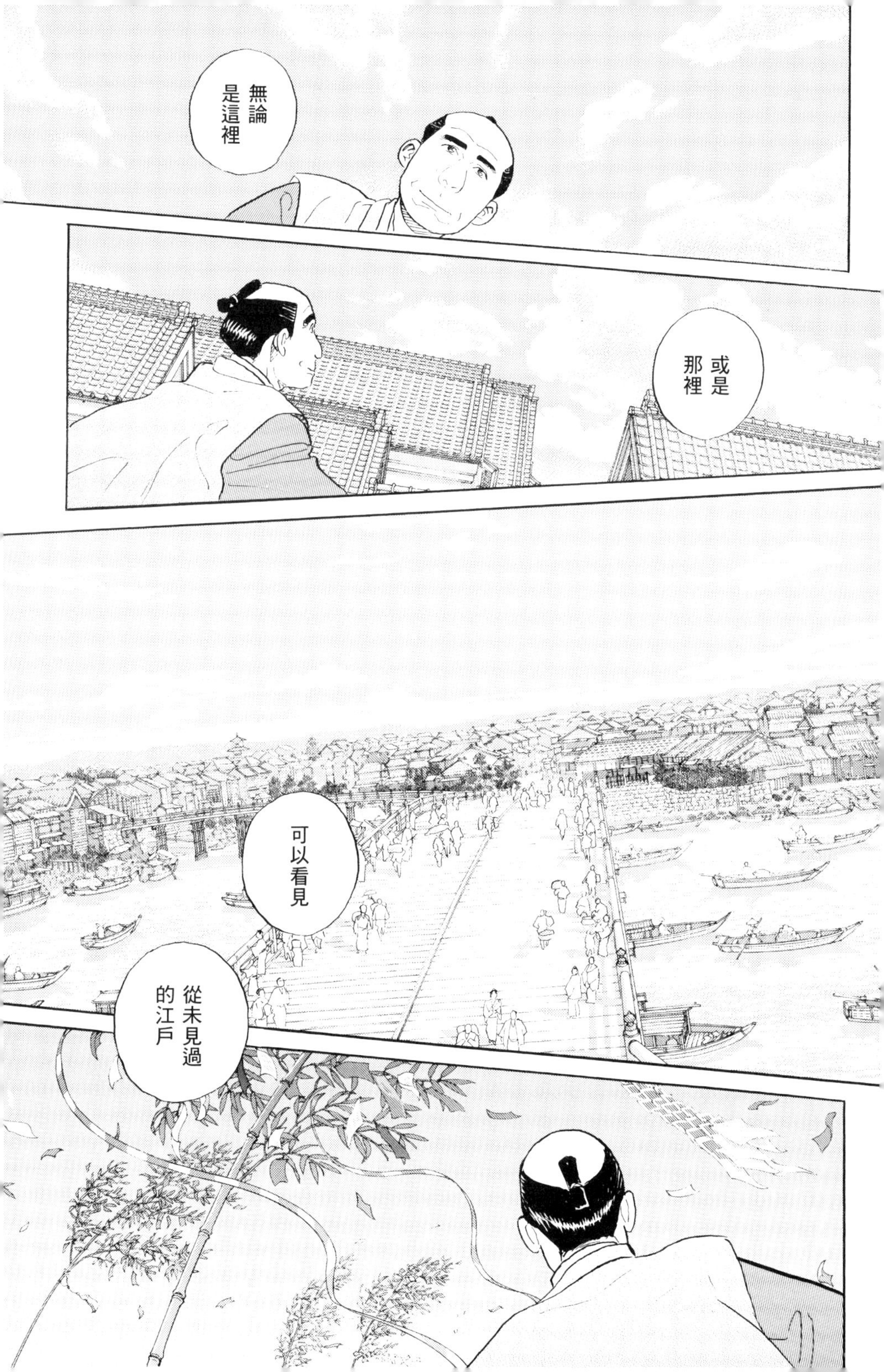
無論是這裡
或是那裡
可以看見
從未見過的江戸

啊啊
笹的葉子隨風搖曳
一年一度的
天之河
吼——
啊……
象
在叫了……

……沒看到牠好可惜啊
親愛的
嗯……
如果可以再早個二時（約四小時）的話……
啊啊……
嗯
算了
這樣就夠啦
看腳印就知道了
真是有意思
動物的步伐不知為什麼總是能保持一定
我最近也總算可以自然而然地走出二尺三寸的步伐了。
哎唷
那你總算也成了動物們的一份子啦！

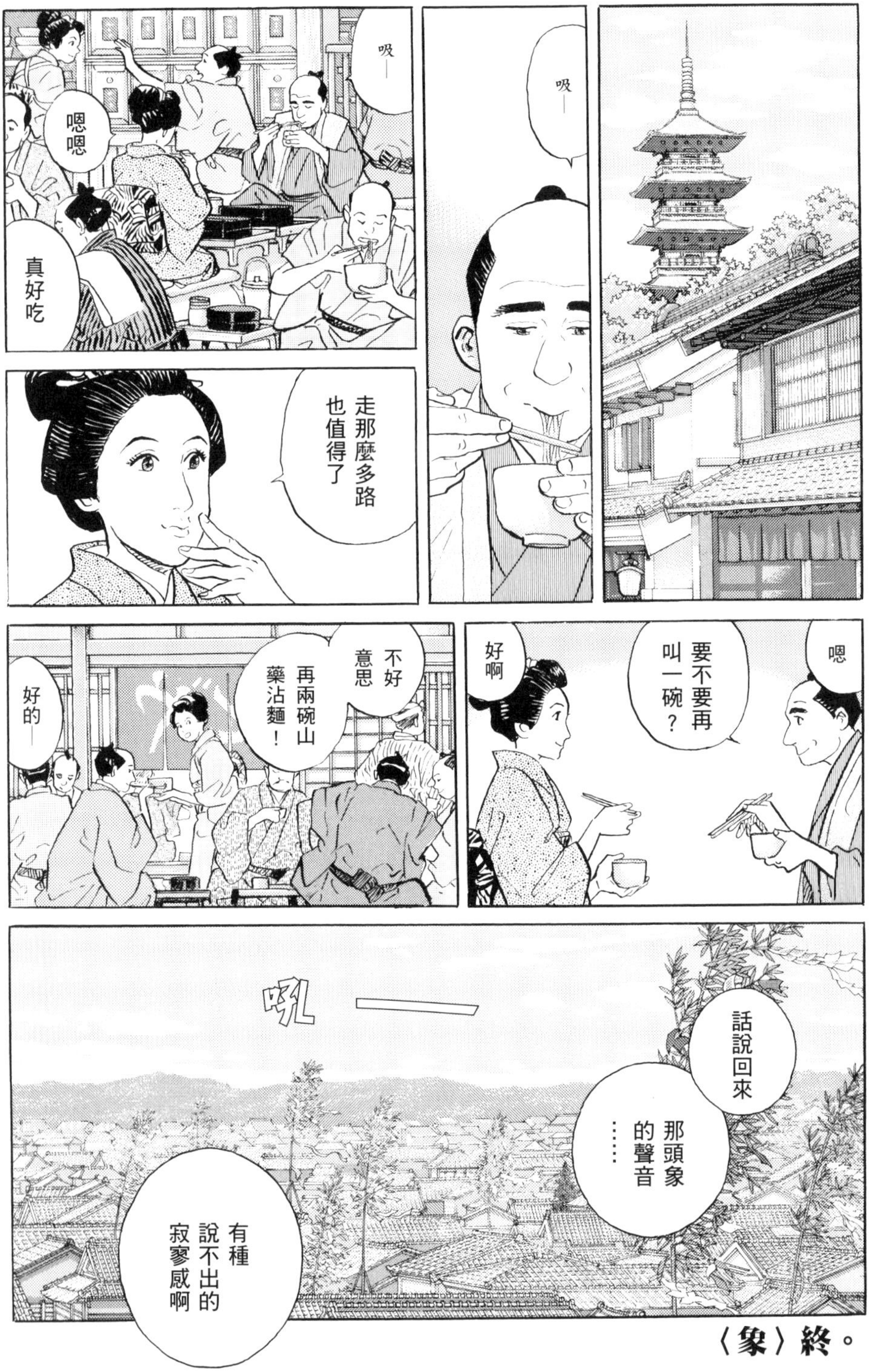
吸—
吸—
嗯嗯
真好吃
走那麼多路也值得了
嗯
要不要再叫一碗？
好啊
不好意思 再兩碗山藥沾麵！
好的—
吼—
話說回來
那頭象的聲音……
有種說不出的寂寥感啊

〈象〉終。

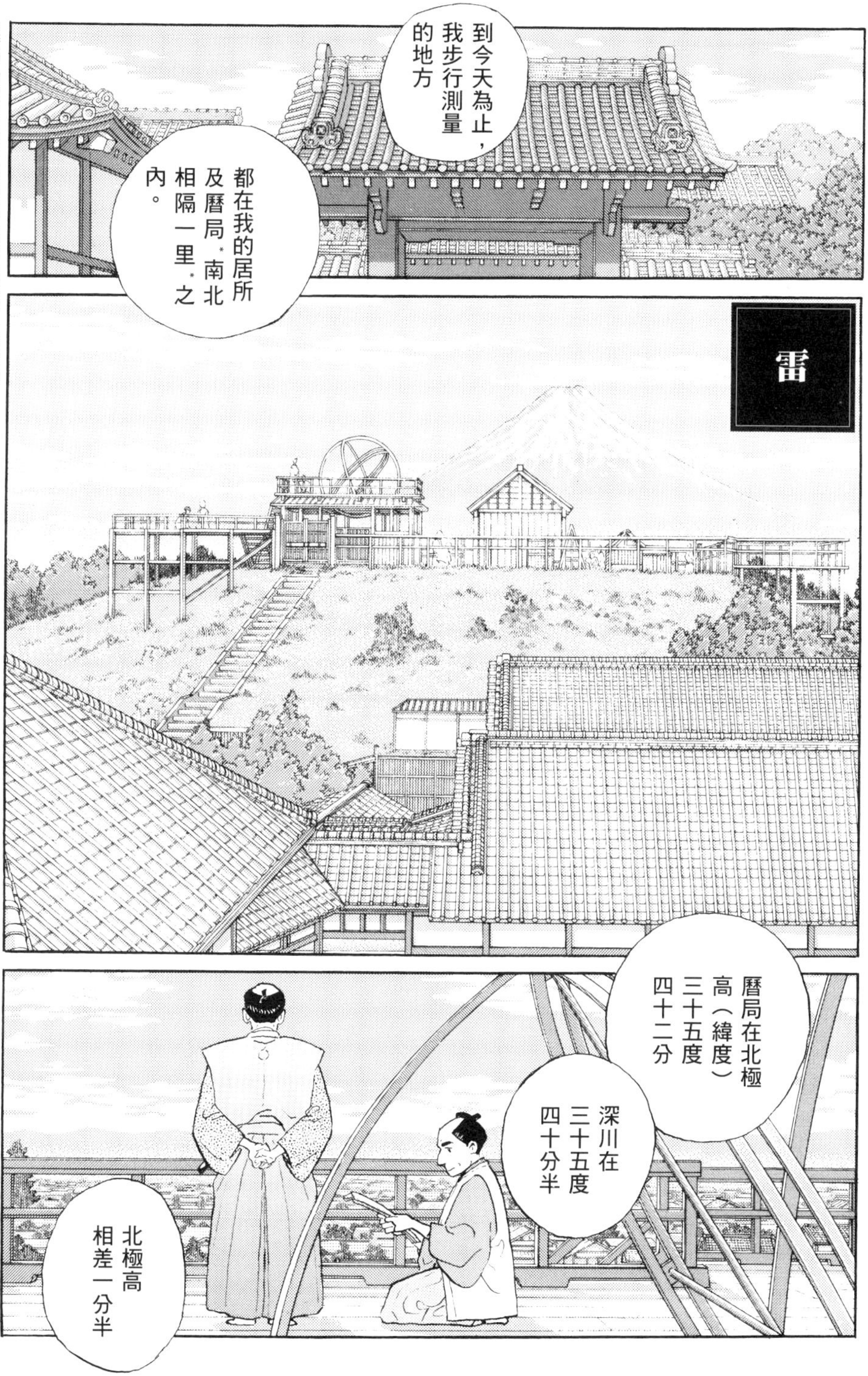
到今天為止，我步行測量的地方
都在我的居所及曆局*南北相隔一里*之內。
雷
曆局在北極高（緯度）三十五度四十二分
深川在三十五度四十分半
北極高相差一分半

*曆局為幕府天文方（掌管天文曆算的機構）工作地點。
一里約3.93公里。

我根據這資料
測量了從深川到曆局相隔的路程
希望能以此計算出南北一度的里數
……嗯
可是，即使你正確測出深川與曆局的間距。
依此就要推斷出地球的大小，這樣太粗糙了。
不足以構成北極一度的基準長度
還要更長的距離
例如能測到蝦夷地*那一帶的話，我想就相當有說服力。
那麼
該怎麼做才能過去呢……
……

*現今的北海道一帶。

首先要取得幕府的許可才行
另外津貼要看溝通時的情況而定
但是請不要太期待
好的
請別擔心錢的部份
只要能有公儀*任命同意就好……
是嗎
那我就去交涉看看
試試能否以完成蝦夷地的地圖為理由
申請到正式的測量許可
現在北方也正值艱苦的時期
不久之後蝦夷地也會需要正確的地圖
剩下就看你自己的決定了
是

*公儀意指幕府的政權，公權力。

轟
隆
隆
……蝦夷地嗎
萬一真的取得測量許可，
阿榮想必還是不會同意吧。
阿榮啊……
要怎麼解釋才能讓她接受呢……
啊咧
不知不覺……天色變暗了
不行
得走快點

嗯……
滴滴
嘩啦
嘩啦
哇
轟隆
啪啦
嘩啦啦
嗚哇
啪啦

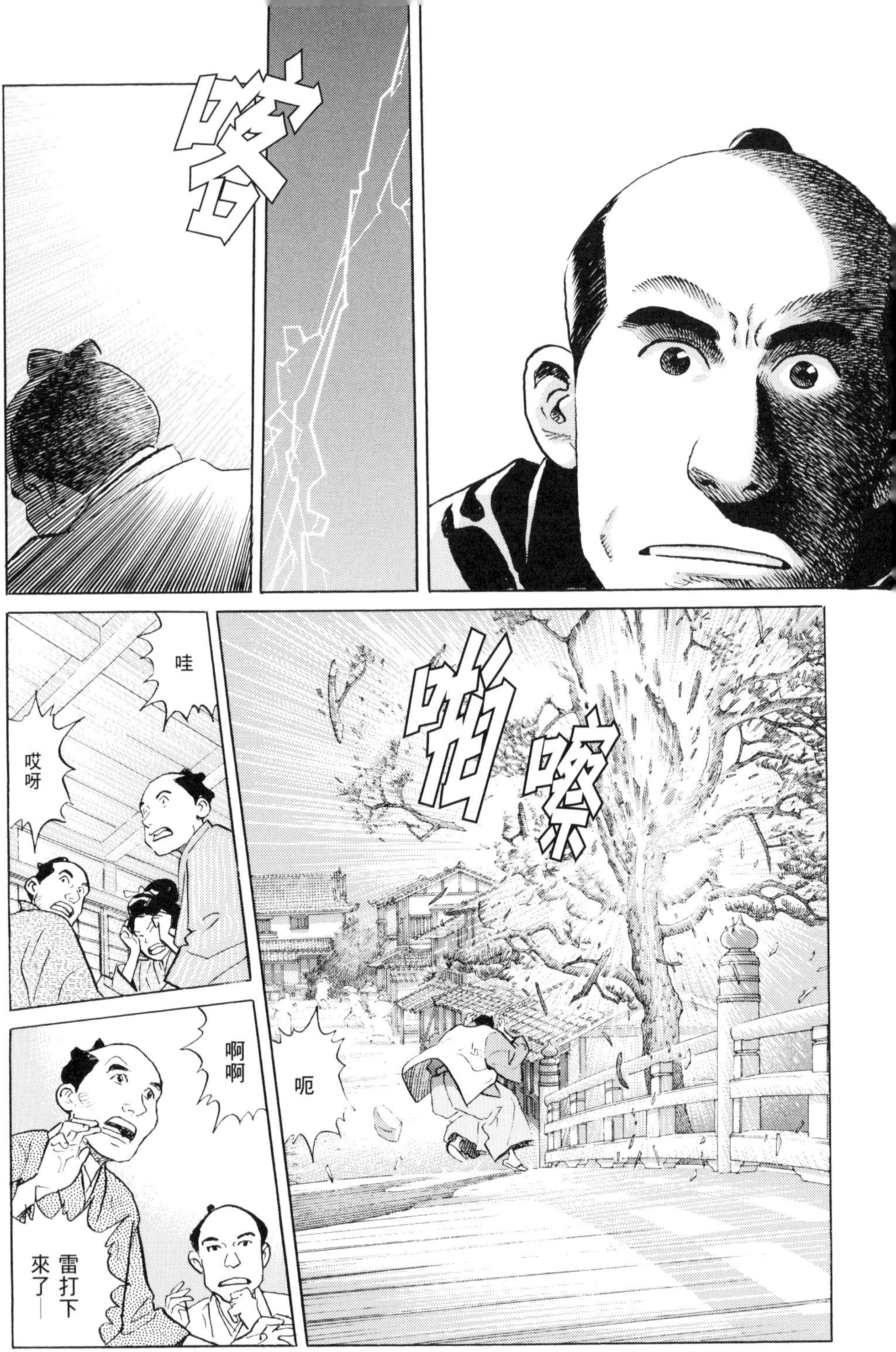
喀
啪嚓
呃
哇
哎呀
啊啊
雷打下來了——

咚喳
天啊，先生！
沒事吧——
危險啊——
趕快過來這裡
快
哎呀呀
唔
振作點！
有受傷嗎？
站得起來嗎？
啊……被嚇到腰桿挺不直了。
轟隆
喀啦喀啦喀啦
當然啊，差一步就不知道會發生什麼事。
來，抓好我的肩膀。
對不起
走得了嗎？

嘩啦
這種意外……
還是有可能發生呢
喝
呼
心情總算緩和點了吧
本來打算走去哪兒呀？
本來要回家
在深川的黑江町
我剛離開藏前的司天台要回去。
司天台……？
就是幕府的天文方的工作據點
在那邊觀測天象之類的
哈哈
不是什麼有用的事情
不會不會，感覺非常有意思！
我呀
其實只是一直在走路而已
這是我退休後喜歡做的事情

*司天台：江戶中期設置的天文台，同時也是幕府天文方觀測星象的地方。

這麼說來
我也跟你
差不多
哦
我在說書
曲藝場作些
運用肢體口舌
的餘興表演，
以此糊口。
你該不會
是咄家吧？
我還只在
前場而已。
喀
現在正在
烏亭*門下
修業話藝
所以
你跟隨
焉馬*老師？
哇—
您知道
他嗎!?
是的
前些日子
我也在尾上
町的京屋聽過
落語。
是說
「腎虛」*吧
原來如此，
是個輕鬆
有趣，又
不落俗套的
段子呢。
評價
非常不錯
我覺得，
今後說書
曲藝場恐怕會
愈開愈大。
這是現在
的潮流。
那真是
可喜可賀啊

＊咄家即落語家。

＊烏亭焉馬：江戶時代的戲作家，同時也有在自作自演落語，被稱為落語中興的始祖。

＊落語類似中國的單口相聲。

＊落語段子。

最近三笑亭可樂*的笑話很受人歡迎。
我自己也有最拿手的落語段子，
叫作「元犬」。
是喔
那—
且讓我在此獻醜了
佛教有個說法
說「白色的狗下輩子會轉世為人類」
而據說在淺草藏前的八幡神社周邊就有隻白狗。
承蒙八幡大人的恩寵
不用等到下輩子，
今生就如牠所願轉世為人類，因此而發生好笑的事。

*初代三笑亭可樂：最早以落語家為職業的人。

話說——
某間大商行有個已退休的老闆。
職業介紹所受委託，帶了個滑稽的人到他的居所。
男子長得很秀氣，皮膚白皙。
住在偏遠的地方，看起來很年輕。
你啊
叫什麼名字？
白*
哦
全名是白吉還是白藏？
我不知道
我叫只白*
嗯…
「只白」這名字還真怪啊
只白……只白，啊啊，是只四郎*嗎？

*白（しろ／shi ro）

*只白（ただしろ／ta da shi ro），此處日文原意為：「我只叫白。」

*音近似

嗯，沒錯
真是奇怪的名字啊
不過你這人還挺有趣的，來倒杯茶吧。
要喝嗎？
好的
阿元這女侍不知道去哪裡了
你幫我看一下，鐵瓶的蓋子是不是叮叮作響，代表水沸騰了？
好的
叮叮*
呃？
怎麼了？
我不是要你擺出叮叮的動作啊！
叮叮
真是奇怪的傢伙啊…

*此處原文為「鉄瓶がチンチンいってる」，「チンチン」意指鐵瓶蓋子因沸騰互相碰撞發出的聲音，同時也指狗坐在地上舉起前腳的動作。

我喜歡烘焙過的番茶*
你幫我拿那個焙籠過來。
汪
焙籠放在那
吼—
汪汪
就是那個「焙籠」!
我在說「焙籠」啊
汪汪
奇怪了
不要胡鬧,我是說「焙籠」啊!
汪汪
喂喂,你可別撲過來!
傷腦筋耶
哈
哈
汪
汪
喂—
給我叫介紹人過來
哈
哈
這傢伙太奇怪啦!

*番茶為其中一種日本綠茶。

*焙籠(ほいろう/hoirou),在裡頭加炭用來烘焙茶葉,使其乾燥的籠子。音近「叫一下」(ほえろ)。

喂——阿元啊——
哈
哈
去哪裡啦？阿•元•啊！
喂——
阿•元•在不在啊——*
是的
我是今天早上才變成人類的。
呵……
啊哈哈哈
哈哈哈哈
拍手
鼓掌
叫好
哎呀沒想到在這裡也能聽到落語。
不不獻醜了！
那麼，諸位客棺，
今晚在下在谷廣德寺的寄席會有演出，
請各位務必前來觀賞。
啪
啪
啪

*「阿元在不在啊」原文為「もとは居ぬか」。阿元（moto）和「原先、本來」同音，在不在（inu）則和「犬」同音，所以此句的雙關語也可以解釋成「（你）本來是隻狗嗎？」

*寄席即落語的演藝場。

雨終於停了
啊
就是這棵松樹嗎？
是你替我承受雷擊的啊！
嗯，原來如此
這棵松樹
嗯
收尾收得真是漂亮啊！
啊？
喂
代人受傷的松樹啊
你啊，是真的救了他人一命嗎？
嘿
我也不知道自己什麼時候長那麼高

所以雷就劈劈啪啪
先打在我的頭上啦
但沒想到會因此救了人
如你所見，我在這裡根本無法移動，這就是不動如山的鐵證了。
……
什麼？
啊哈
啪
真是的
雷神啊
說起來都是你打雷打錯地方啦！
哈哈哈
這結尾真是出人意料啊
雷神也被嚇呆，躲到天空的另一頭去了呢。

〈雷〉終。

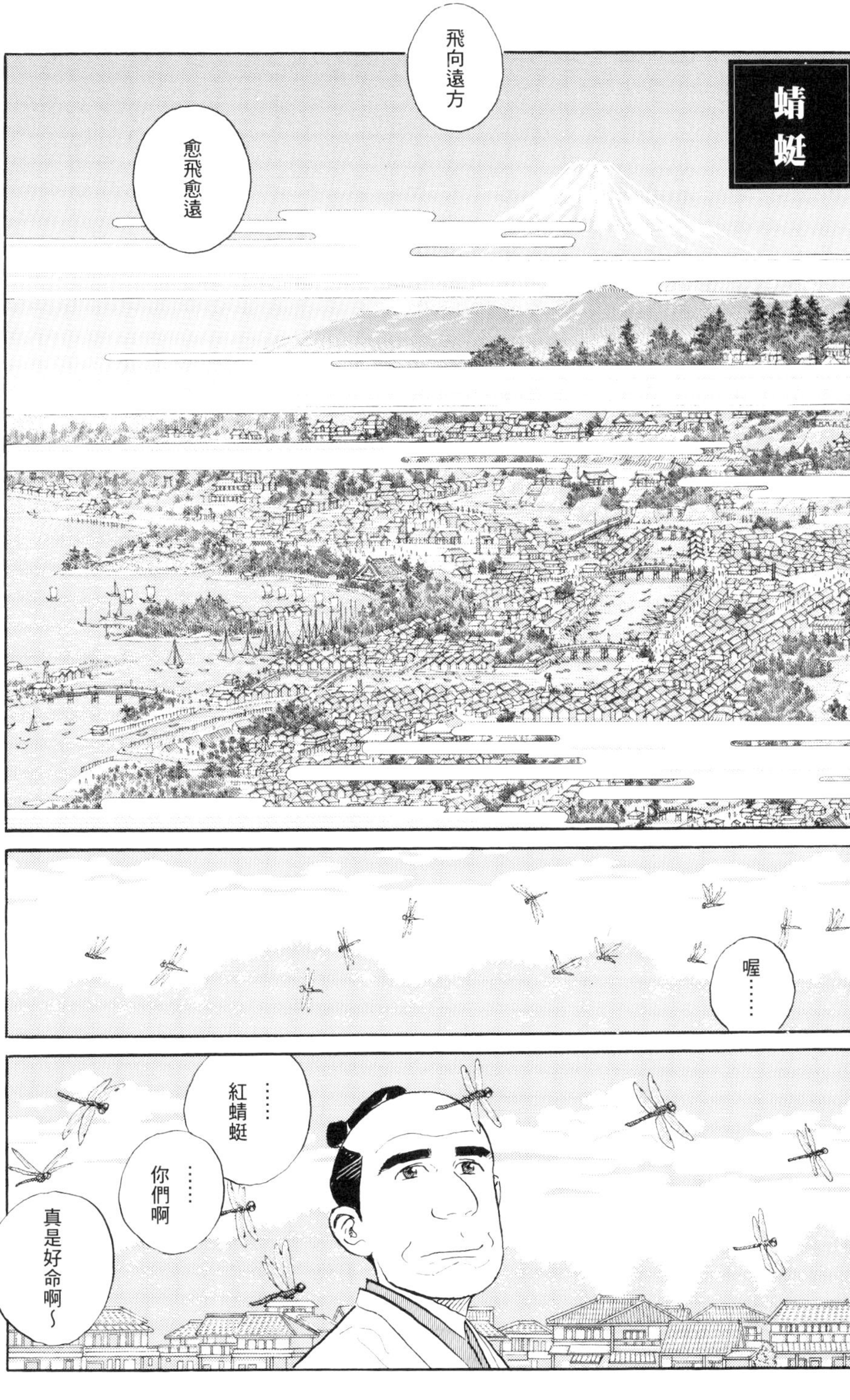

蜻蜓
飛向遠方
愈飛愈遠
喔……
……紅蜻蜓
……你們啊
真是好命啊～

身子輕盈
乘著風想飛到哪兒就飛到哪兒
可以也給我一雙翅膀嗎？
喂！你們
哎呀
啊哈哈哈
在這發呆的話
會被同伴丟下喔！

嘶嘶—
喔……
噠啦噠啦
咚咕
搞什麼!!
手不可以放開繩子啊！
遵……
遵命！
雖然武士一定得要會馴馬，但學起來實在也不輕鬆啊。
咦？
奇怪
這是哪裡？這座馬場……

我想想
剛剛走過京橋……
那幢大房子
是松平家……
也就是說……
這裡是采女之原……嗎
喀噠
喀噠
居然……不知不覺走了那麼遠
晝九時從曆局出發，繞到淺草雷門。
再從不忍池到日本橋……
喀噠
喀噠
哇
走了那麼多路啊
真是糟糕
剛剛要是有好好測量就好了
好吧
重新振作
從這邊開始，由路尾走到入口。

*淨琉璃：日本的傳統表演藝術，以三味線伴奏。

*此白酒為日本酒。

嚼
真是美味
辣椒的辣味……
輕啜
哈啊~
今天怎麼那麼累啊
再一杯白酒
好的—
不管步測多麼正確……
咕嚕
以一里為準來步測，計算度數也有極限。
沒有幕府長官的許可，想自行測量街道也不太容易。

靠自己的話，計測值又會變得很粗糙。
嚼
噠噠噠
到現在
緯度一度都還是有一分以上的誤差
得去更遠的地方……
走更長的距離……
噹噹噹
果然還是要到蝦夷地啊
咕嚕
啊啊
剛剛是申時*的鐘聲吧……
空腹喝酒，醉意都上來了。
老闆，給我一碗茶飯。
然後還要再一杯白酒
好的—

*約下午三點。

呼
哎呀
真是過得太放鬆悠哉了
來唷
接下來是橫渡衣紋*～
接下來是停止扇*
來唷，各位來看唷——
鏗
鏘
鏗
鏘
鏗
鏘
鏗
鏘
啊啊
太陽下山了……

*兩者皆為陀螺雜技表演的項目。

*即月蝕。

啊咧咧
什……什麼……
這是
蜻蜓的眼睛……？
啊哈……
啊咧咧
啊啦啦

轉呀轉呀
江戶在旋轉呢
飛～呀飛呀
繞來繞去
繞來繞去
飛～呀
四處飛呀

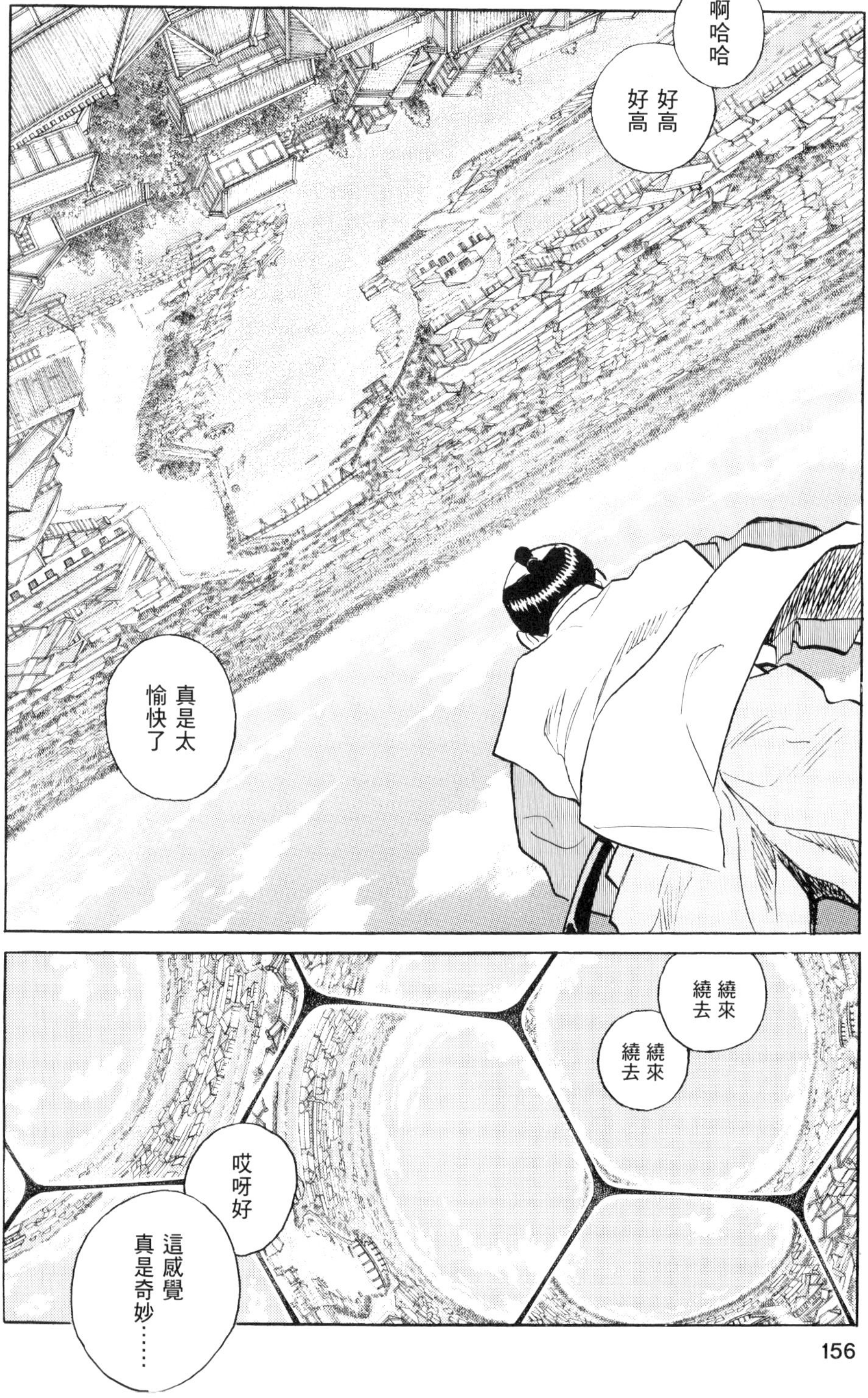
啊哈哈
好高好高
真是太愉快了
繞來繞去
繞來繞去
哎呀好
這感覺真是奇妙……

看到江戶地圖囉
飛~~呀
輕飄飄地
隨著風吹
飄呀飄呀
飄呀
飄

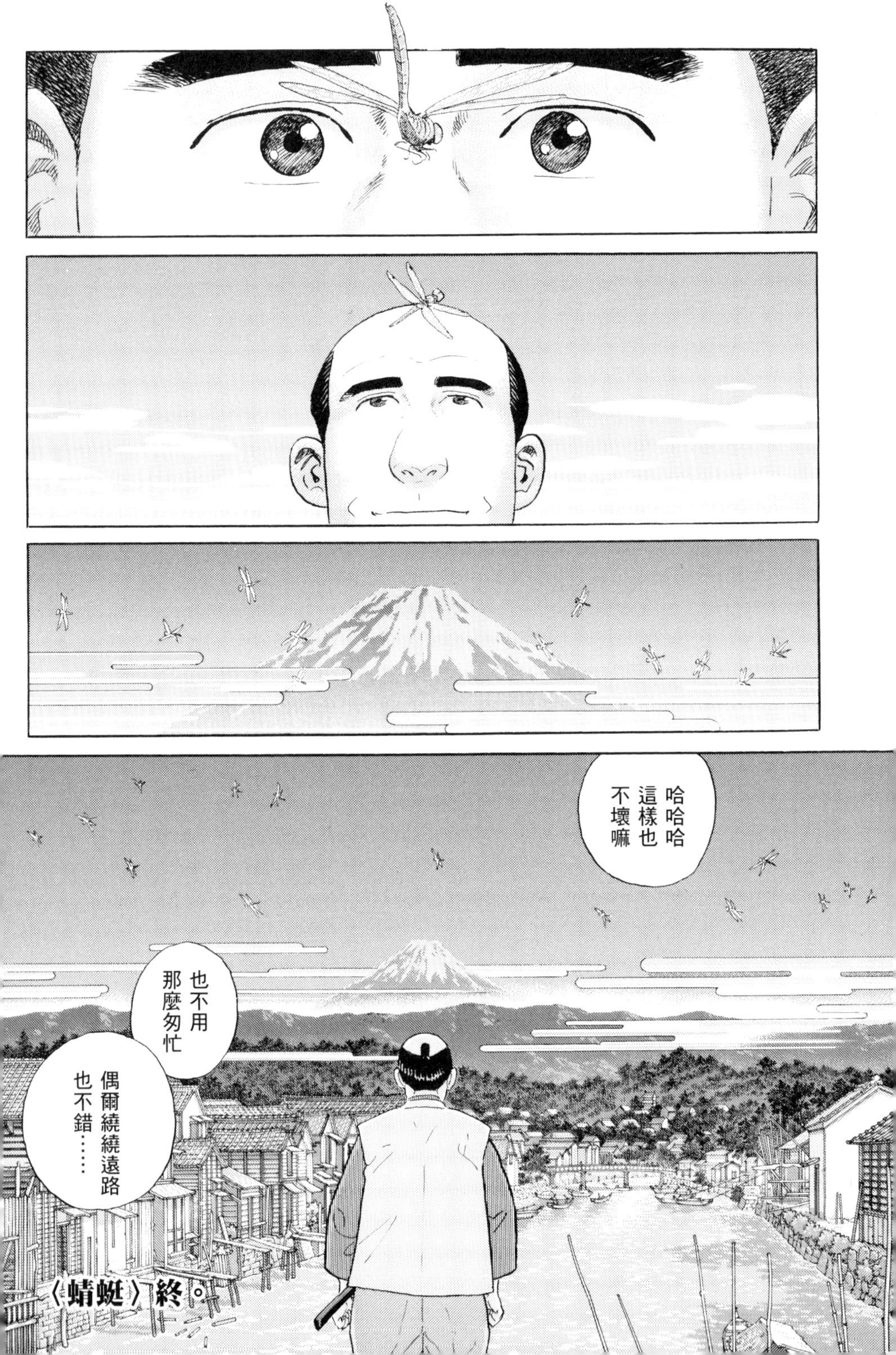
哈哈哈
這樣也
不壞嘛
也不用
那麼匆忙
偶爾繞繞遠路
也不錯……
〈蜻蜓〉終。

月
「夜裡月光輝映
愈顯出妳姿態豔麗」
真不愧是中秋夜
中秋的明月
江戶的街道在月光的映照下顯得格外美麗

*出自《源氏物語·第四十四帖 竹河》

真的很美
渾圓的銀色月亮
像這樣舒舒服服地賞月，還真是第一次呢。
沒想到自河面吹來的風那麼清爽，
那麼舒適。
噗嚕
噗嚕
唰
唰
唰
是發生了什麼事呀
你竟然沒有帶望遠鏡來賞月，
太令人意外了。
害我都懷疑
你是不是有別的目的呢
啊哈哈
妳怎麼會想到那裡去？

在如此月光底下
無論怎樣的心事都會被看穿。
呼呼
呵呵
平常總是在陸地上行走
偶爾試著像這樣在河面上搖船
不知怎麼著
也看見了平常在陸地上看不見的景象。
是因為行走的速度或是方向
都和平常完全不同的關係吧？

大口
咬下
嗯，這個小芋
真好吃
哦，真的嗎？
那我也來吃一個
啊
嗯
嗯嗯
咀嚼
話說都已經那麼晚了
賞月的人還那麼多
子時*一到
滿月就會掛在天空的正中間

*約凌晨十二點。

妳看
像這樣
讓月亮在杯中浮現
……
一飲
而盡
呼
在清涼的風中，惜別秋天
沙沙沙沙
真是有雅致
阿榮啊
妳也試試看吧
哎呀
醉了也沒關係嗎？

不要緊
就自由地
讓自己隨著
河川流動吧。
咕嚕
呼呼
好喝
呵
這月亮
真的
很美……
為什麼
兔子要在
月亮上
搗麻糬呢？
嗯……
好問題

不知從何時起
佛教有個說法
這隻兔子為了彌補前世犯下的罪，
決定要布施行善犧牲了肉身獻上自己的生命。
在天上的帝釋天，
看到了這隻勇敢的兔子心生憐憫，
捧著牠的骨骸回到天上，
並供奉在月亮上的宮殿裡。

據說從這時開始
月亮上就看得到玉兔
至於是因為月亮的影子看起來像兔子
還是先有剛剛那故事，這就不得而知啦。
不管怎麼說
天文星體當中最接近地球的就是月亮了。
月的盈缺
看似神秘
卻美麗又令人愈感好奇。

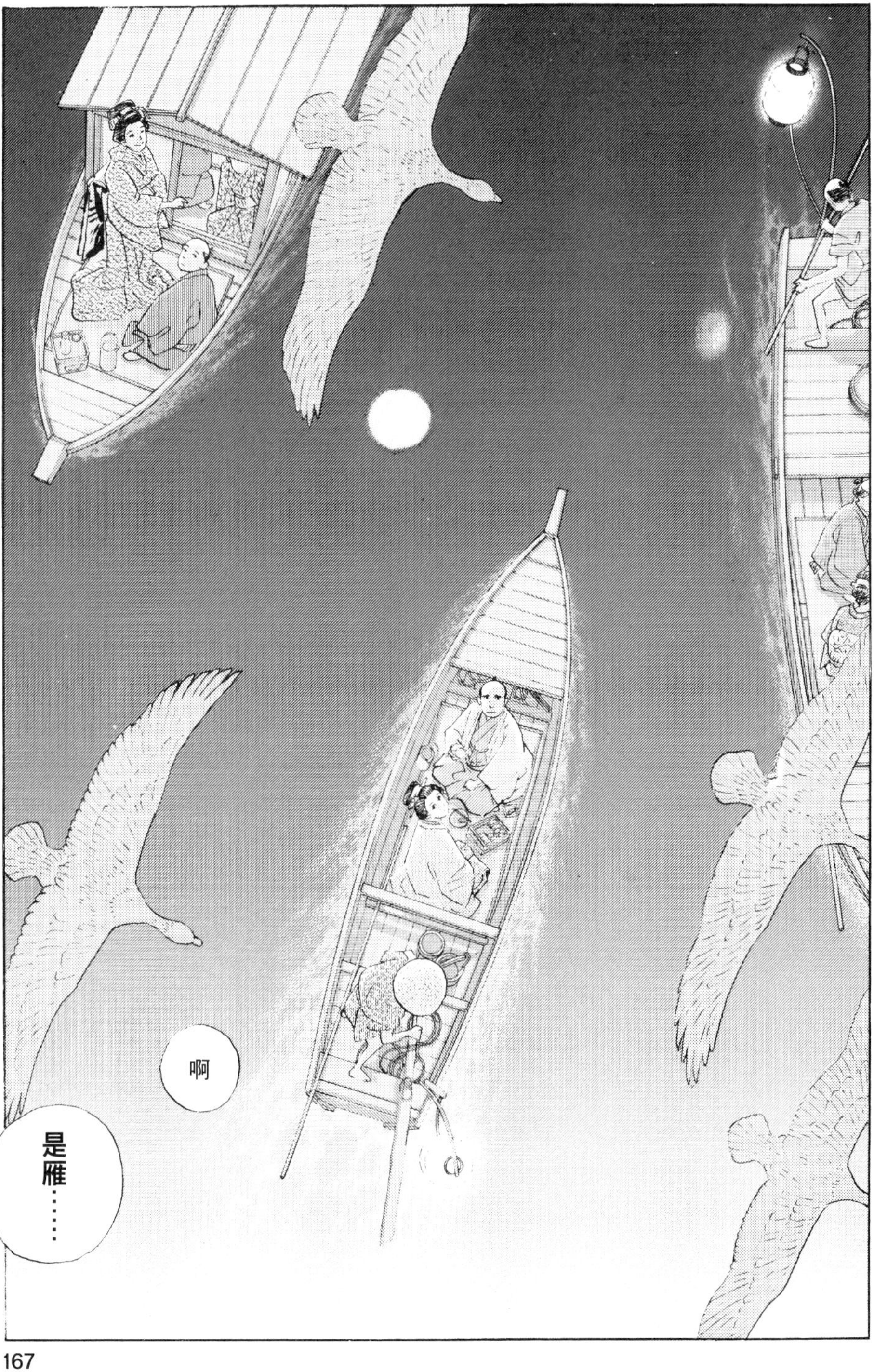
啊
是雁……

如此隨心所至，隨風飄搖地賞著月，
真是非常盡興。
咕
喂——
金太——
注意你腳邊啊——
咕
嗚哇
什麼嘛
沒有影子
呵呵
哈哈
月亮正掛在
正上方呢

啊哈哈
哎呀
哇
踩影子
踩影子——
啊哈哈
好奇的孩子們都還沒睡呢。
踩影子
踩影子——
哇啊啊～
家裡的階梯
沒有影子～
媽媽
月亮
月亮……

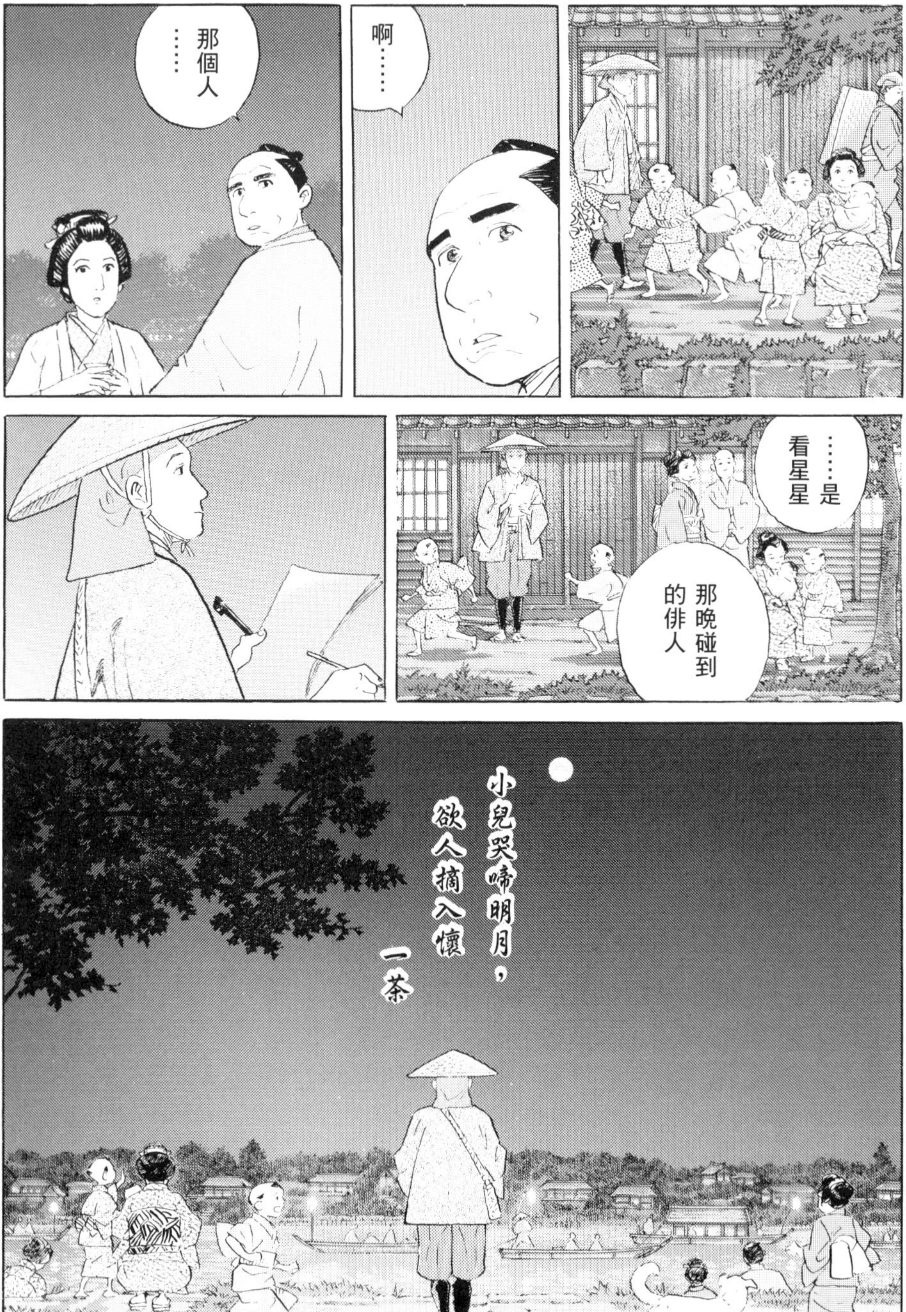
啊……
……那個人
……是看星星
那晚碰到的俳人
小兒哭啼明月，
欲人摘入懷
一茶

〈月〉終。

馬
二百一十二
二百一十三
二百一十四
二百四十一
二百四十二
二百四十六
唰
嗯
不錯
步伐很穩定

*約172公尺。

*七分三厘即0.37。

一百一十五
一百一十六
從花川戶開始一百三十六步
很好
步幅逐漸沒有誤差了
嗯
狀況不錯
咚咚
咚咚咯
咚咚咯
咚咚
咚咚咯
咚咚
咚咚咯
咚咚咯
咚咚
咚咚咯

* 一番太鼓為相撲要開場時敲的鼓。
* 勸進相撲是寺廟為了籌募費用所舉辦的相撲比賽。

是回向院的一番太鼓*
咚
咚
喀
咚
咚
勸進相撲*的正式賽季差不多要開始了嗎
聽說上一個賽季出了個強得不可思議的力士，叫作雷電*
不知道看不看得到像谷風與小野川精彩的對戰？
八十九
九十
九十一
好
穿過隨身門
往淺草寺走三十六步
今天早上也沒有誤差

* 雷電為右衛門，傳說中最強的相撲力士。

到仁王門為止三十一步
咦
鏗鏗
好香啊
……是秋刀魚
看樣子，已經有人開始要吃早餐了。
嗯——
肚子餓了
嗨唷嗨唷
竹莢魚——
青花魚——
螃蟹——
也有竹蛏和扇玉螺唷——

明六時開始走到現在
大概過了半刻（約一小時）
茄子—
冬瓜—
差不多到叫賣的小販忙碌的時候了。
嚐嚐看蕪菁唷～
還是要蘿蔔呢—
正值產季的蓮子～芋頭呀芋頭～～
等等我要冬瓜
好唷稍等
要不要這個青茄子算妳便宜
不了
倒是給我個芋頭。
要是
也能夠在蝦夷地步測的話就好了……

*一町＝六十間＝109公尺
*一里＝三十六町＝3.93公里

一町等於六十間……
一里又等於三十六町間……
一天……
一定得步行十里路才可以。
這樣算下來
其實……
也不是多長的距離……
只是我到底可以走多遠走到哪裡呢？
豆腐—
寒天—
蒟蒻—

仔細想想……
若要認真地作測量
說到底若是只有一個人也做不來。
正副羅針*
記錄員
拿梵天*
這樣……要三個人
接著是……
喀噠
喀噠
喀噠
喀噠
喀噠
喀噠
喀噠

*正副羅針及梵天都是測量器具。

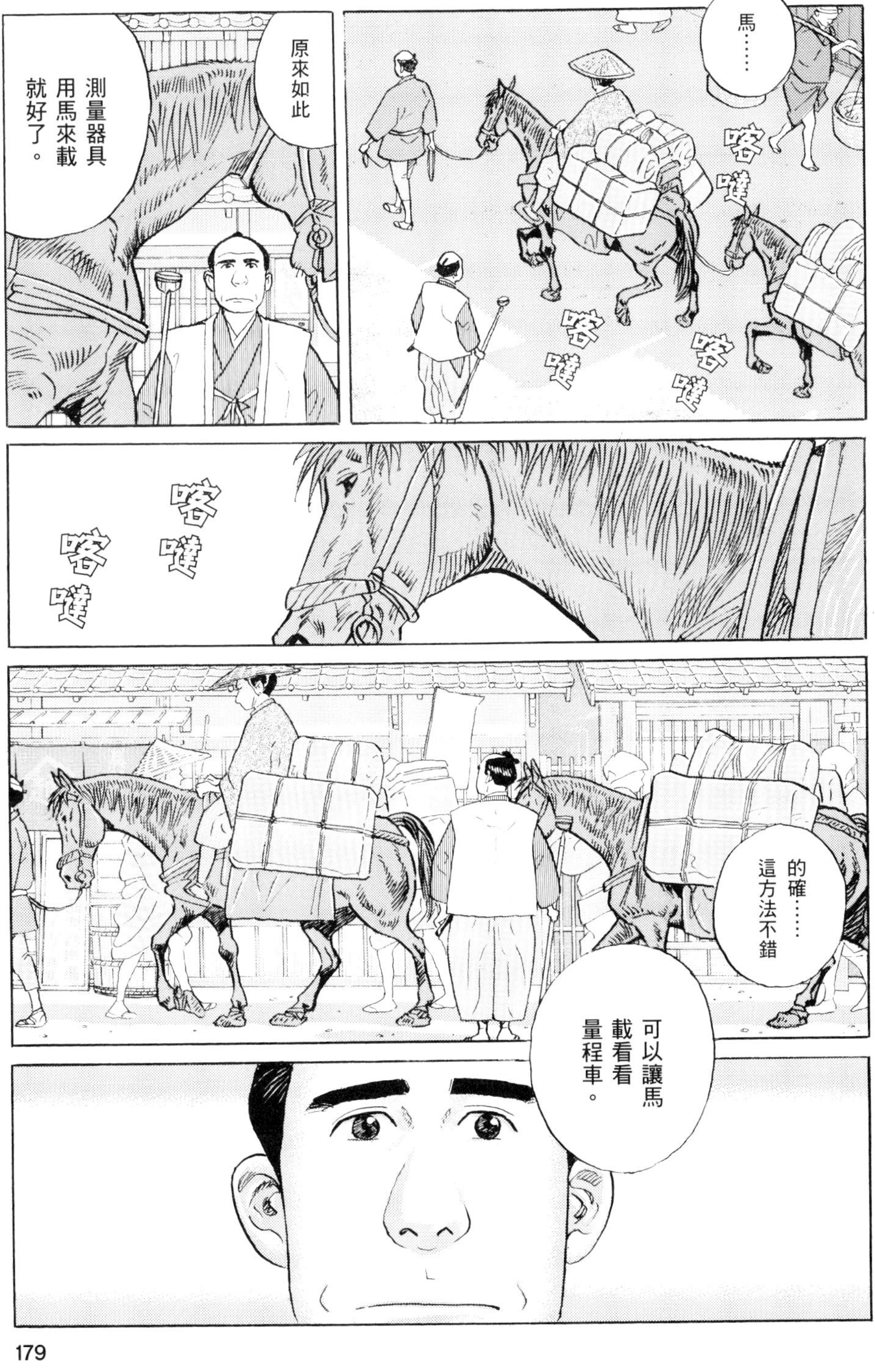
馬……
喀噠
喀噠
喀噠
原來如此
測量器具用馬來載就好了。
喀噠
喀噠
的確……這方法不錯
可以讓馬載看看量程車。

……這樣子
變成需要個人來牽馬了。

御用

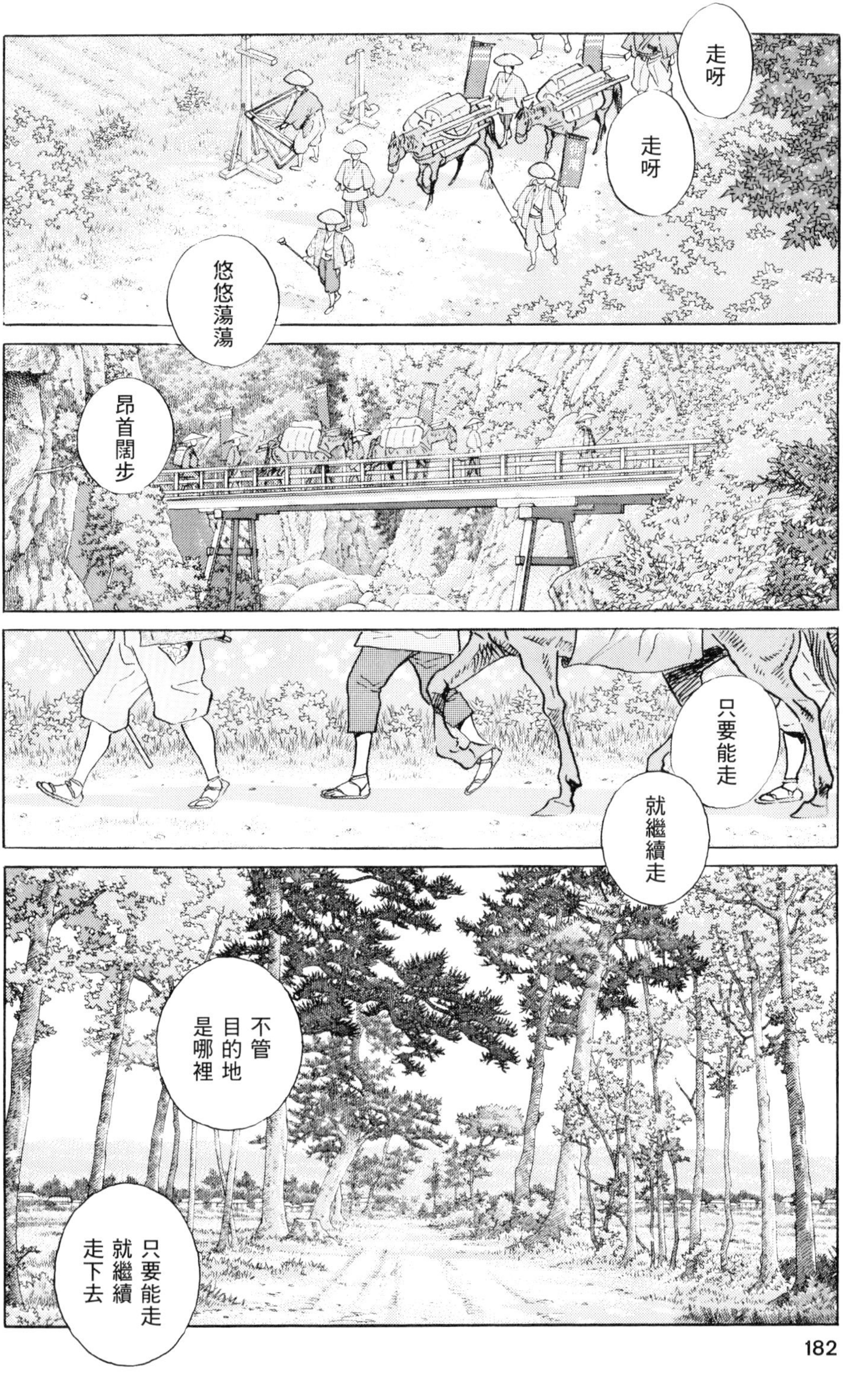
走呀
走呀
悠悠蕩蕩
昂首闊步
只要能走
就繼續走
不管目的地是哪裡
只要能走就繼續走下去

穿越荒野
爬過高山
昂首闊步
前往蝦夷地
以求得正確的子午線一度的長度
只要求出這個，一定會有什麼因此改變。
測量方
一定有什麼會改變的

一定會的……
呼呼
真奇怪……
我到底是從何時起變成這樣，
哈哈……
迷上了不得了的嗜好啊？
十五
十六
十七
十八

總算
步測和測量都不會產生誤差了
從深川黑江町到這間曆局的直線距離，是亥方位的六分八厘
二十二町四十五間
如此就能測得子午線一分的距離
嗯
接著就看能不能在蝦夷地確定這數值了。
什麼？
幕府已經批准測量許可，
是嗎……
你現在已經取得公儀任命了。

哇——
真是萬分感激
這下就不用擔心了
不過
觀測器具及測量全部都要自費
測量的費用
幕府只提供二十兩
好的
這我非常清楚
就讓我到蝦夷地實際測量子午線一度吧！

〈馬〉終。

蟻
好意外啊
想不到爬了那麼高
真是的
不過整片風景一覽無遺呢
從富士遙望
日本第一的富士山

妳看
山腳下開滿了紅葉
真的
好美麗
八幡的紅葉也不會輸給海晏寺
嗯
這麼多紅葉，鹿也會鳴叫。
就像百人一首*裡那首猿丸的名歌
「奧山中佈滿紅葉，駐足於此聽見鹿兒哭鳴聲，倍感深秋之淒愴。」
哼哼
不要再瞞我了
……呃
你……
是不是有什麼事情想說，
才帶我來八幡富士參拜呀？

*《百人一首》為收錄了一百位歌人的和歌，編輯成冊的和歌集。

*出自猿丸太夫《古今集》

……嗚
這……就是
蝦夷地啊……
什麼？
蝦夷？
嗯……
其實啊
就是要旅居到別的地方……做測量什麼的……
什麼？
已經取得幕府長官的批准了。
啊？
然後……
你說什麼
當然
……同意了

真是的
又要到那麼遙遠的地方……

沒啦
其實也不用把它想得太誇張
就和平時一樣
一步
一步
不慌不忙地
正確地行走的話，總有一天會完成目標。
晚上
也能盡情地在各地觀察星星
你這個人呀
真是到哪都過得很閒適。
沒有啦
對不起

嗶——
測量這件事，永遠沒有盡頭。
但是……總有一天
還是一定要有人來做這件事。
既然如此……
哎呀
你看你的腳邊
嗯？
啊
是黑蟻
在這附近有巢穴吧

真是辛勤
揹著比自己身體大好幾倍的樹葉，好偉大。
這麼拚命是為過冬準備吧
對呀，你們也真能走！
搞不好
我也和你們一樣呢
走呀
走呀

一心一意
走呀走呀
為了某件事而如此忙碌
嗚哇
這裡
比想像中
還辛苦呢

不斷地走
不斷地走
喂——
啊！
是鍬形蟲的屍體，好大。
原來如此
是為了要過冬在儲備食糧吧
哎呀呀
哎呀呀

天啊
天啊
才一眨眼
什麼痕跡都沒了
這些螞蟻
辛勤工作行而不輟
對於這些不會飛的昆蟲來說
這片地面
無邊無際
也許就是牠們眼中浩繁萬千的世界

親愛的
哇

……
……嗯
親愛的
又來了
你想像自己變成螞蟻了嗎？
哈哈
沒啦
只是在想
不知道誰取了這名字，真是容易理解。
蟻這個字，在「虫」旁邊有個「義」。
「義」就是正確的道理。
我也能像這些螞蟻一樣
一步一步
不論目的地多遠都踏實地前進嗎？
呵呵

我瞭解了
讓我來幫你吧
咦？
畢竟我也不想一個人被留在這邊啊。
阿榮
妳……
認真的嗎？
是的
我很早以前就已經有所覺悟了，得陪著你追隨你的志向。
嗶—
啊啊，太好了。
誠心感激八幡富士的神德啊。

〈蟻〉終。

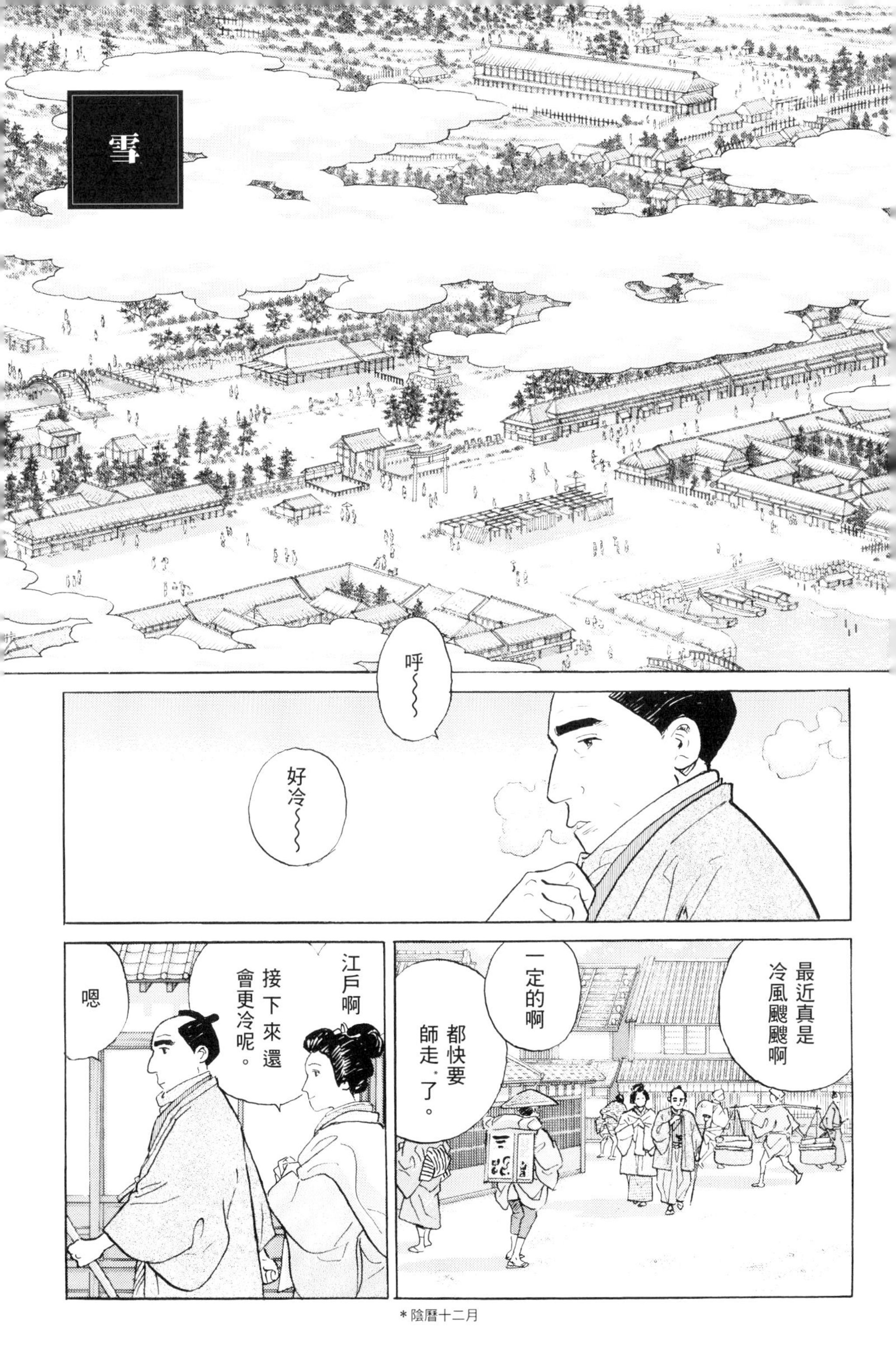
雪
呼~~~
好冷~~~
最近真是冷風颼颼啊
一定的啊
都快要師走*了。
江戶啊接下來還會更冷呢。
嗯

＊陰曆十二月

怎麼了？
你可是之後要去蝦夷的人耶。
呃
啊哈，真是糟糕。
想不到居然還要妳鞭策我。
就是說啊
你必須要抱持堅定的決心才行。
畢竟，你接著要走的路非常長啊。
……嗯
仔細想想……
從我說要過快樂的退休生活
並且開始學習曆算和測量天象已經五年了。
沒想到時間會過得那麼快
甚至還取得公儀任命，可以去蝦夷地。

喔——
哇啊——
三百七十二
三百七十三
喔——
三百七十四
啊~~
有耶——
三百九十
可惜
……怎麼了

四百一十五
四百一十六
西邊這側的走廊變成了射箭場，
可能過不久會舉辦射箭比賽。
聽說這是模仿京都的三十三間堂建造的
不過雖然叫三十三間
其實兩根柱子的距離是二間
哇
喔喔—
四百三十二
四百三十三
因此堂的南北是六十六間
東西則為四間
哇—
堂間比京都那間還短
安置在這的神明，也只有一尊千手觀音而已。
這樣啊

*此建築為江戶深川三十三間堂。

*京都的三十三間堂號稱有1001尊。

五百支——
哇
喔——
退休搬到黑江町的時候
我常在這邊走來走去
沙
從南端到北端整整六十六間
煎茶
這是我每天早上練習步測鍛鍊出的成果。
哎呀，是這樣嗎？
怪不得啊
那我也來走看看
啊……等等
不要急
正確的步測可不是一時半刻就能學會唷。

我要妳幫我做紀錄。
哦？
用這個羅針計算測量方位，
然後將測得的數值寫在手札裡。
為了平均正副羅盤測得的數值
這個角色也很重要。
好的
恐怕要再從天文方找個人加入測量隊，
接下來就得靠自己人了。
啊……

果然……
才覺得怎麼那麼冷
原來下雪了

怎麼辦
我想想……
既然都走到弁財天這邊了
反正很近
要不要到這附近的茶屋，邊喝酒邊看雪？
哎呀，真開心！
我記得的確有間銀杏屋*呢！
嗯
牡蠣、蜆和文蛤也都是洲崎的名產
嗚——
好冷

*銀杏屋，深川八幡門前的店家。

咕嚕
呼
嘖
呼
真好喝
嗯
總算溫暖多了
好吃
只有在這種名店才能吃得那麼奢侈啊。
咀嚼

「此處風情
東邊遠眺海面上，房總之山嶺
南邊是羽田鈴森
北邊隱約可見筑波嶺的美景
退潮後的海岸積著一層透亮的薄雪
映入眼簾的景色壯觀絕美

春夏秋冬
四季分明」
咕
喂
阿榮啊
是的
我啊
希望將日本純樸的風土民情
還有充滿美景的地形，正確測量後畫成圖，流傳給後世。
好的
雖然不知道要花幾年，也還沒有大方向……

我一定
要達成這個目標

停了
沒下雪了
是呀
這片雪景
真是刺眼啊
喀
呼
踩在雪上的感覺
想不到那麼舒暢
喀
喀

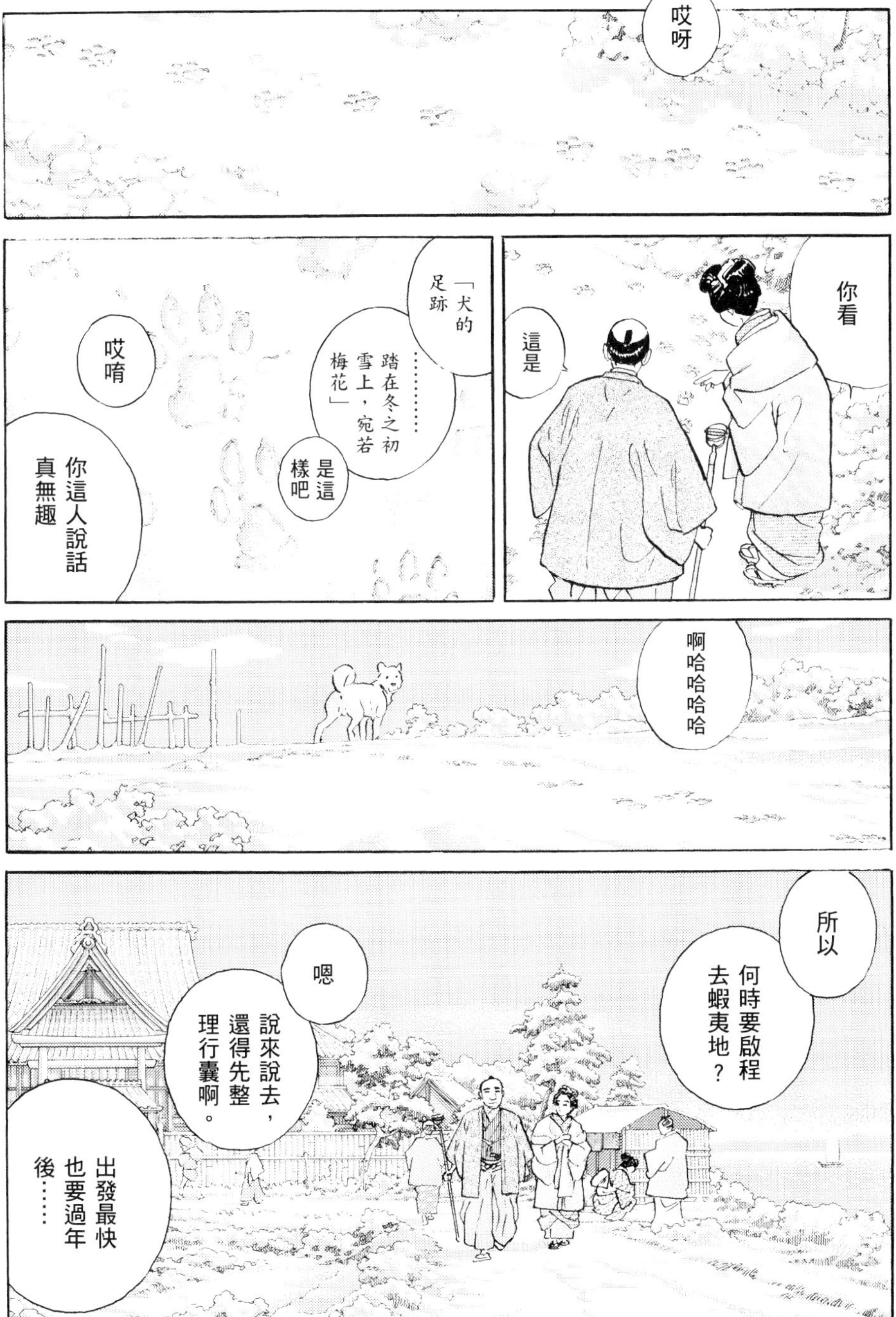
哎呀
你看
這是
「犬的足跡
……踏在冬之初雪上，宛若梅花」
是這樣吧
哎唷
你這人說話真無趣
啊哈哈哈哈
所以
何時要啟程去蝦夷地？
嗯
說來說去，還得先整理行囊啊。
出發最快也要過年後……

應該會在閏四月吧
趁蝦夷地還沒變冷時過去比較好。
也不能太急躁
得慢慢來
總之就繼續向前吧
只要一直走下去就會有結果……

悠悠哉哉——完——

悠悠哉哉
ふらり。

Paperfilm FC2007X

作　者　谷口治郎
譯　者　謝仲庭
選書・策劃　鄭衍偉
（Paper Film Festival 紙映企劃）
責任編輯　謝至平
企　畫　林詩玟、陳彩玉
業　務　陳紫晴
編輯總監　劉麗真
總經理　陳逸瑛
排　版　漾格科技股份有限公司
發行人　凃玉雲
出　版　臉譜出版
城邦文化事業股份有限公司
台北市民生東路二段141號5樓
電話：886-2-25007696
傳真：886-2-25001952

發　行　英屬蓋曼群島商家庭傳媒股份有限公司城邦分公司
台北市中山區民生東路141號11樓
客服專線：02-25007718；25007719
24小時傳真專線：02-25001990；25001991
服務時間：週一至週五上午09：30~12：00；下午13：30~17：00
劃撥帳號：19863813　戶名：書虫股份有限公司
讀者服務信箱：service@readingclub.com.tw
城邦網址：http://www.cite.com.tw
香港發行所　城邦（香港）出版集團有限公司
香港灣仔駱克道193號東超商業中心1樓
電話：852-25086231
傳真：852-25789337
新馬發行所　城邦（新、馬）出版集團
Cite（M）Sdn. Bhd.（458372U）
41, Jalan Radin Anum, Bandar Baru Sri Petaling,
57000 Kuala Lumpur, Malaysia.
電話：603-90563833
傳真：603-90576622
電子信箱：services@cite.my

一版一刷　2014年12月
二版一刷　2023年5月
ISBN 978-626-315-267-0
售價：350元